Tod am Hafenkai

Heinz Jürgen Schneider

Tod am Hafenkai

Historischer Kriminalroman

BOYENS

BOYENS
BUCHVERLAG

ISBN 978-3-8042-1330-2

Herstellung: Boyens Buchverlag
Druck: Boyens Offset, Heide
Printed in Germany

Die grüne Fee nennt man den Absinth.

Weil der Schnaps aus Anis, Wermut, Fenchel und anderen Kräutern eine grünliche Färbung annimmt. Bei harten 60 Prozent oder mehr liegt der Alkoholgehalt.

Absinth wurde populär in Frankreich und kam dann in die anderen Länder des Kontinents. Bekannt als das Getränk der Maler und Literaten, aber auch der einfachen Leute. Sein Ruf ist schlecht. Alkoholismus soll er hervorbringen, Übererregbarkeit und Halluzinationen.

Schon vor neun Jahren, 1923, verbot die deutsche Reichsregierung seine Herstellung und sogar die Verbreitung seiner Rezeptur.

Der Absinth aber lebt als Selbstgebrannter weiter. Verkauft unter dem Ladentisch oder aus den Hinterräumen der Lokale. Abnehmer findet er genug. Die Wirkung blieb, wie auch die Farbe, die ihn kenntlich macht.

Die grüne Fee verwirrt die Sinne. Trübt die Erinnerung. Bringt den Rausch. Und manchmal auch den Tod.

1

Auch an diesem frühen Sonntagmorgen geht Hans Gripp zu seinem Lieblingsplatz im Itzehoer Hafen an der Störschleife. Längst steht die Sonne noch nicht im Zenit. Doch es ist schon warm für Ende Juni. Der beginnende Sommer 1932 zeigt sich von seiner besten Seite.

Sein Platz zum Angeln ist abseits von den Liegeplätzen der Kähne, Lastboote und Küstensegler, den Kontoren und der Hafenmeisterei. Das kleine Lagerhaus kann ihm Schatten spenden. Auf der Hafenmauer wird er wieder sitzen. Bedächtig zieht er die Regenwürmer auf die Haken und wirft beide Angeln aus.

Dann ist Zeit, sich zu setzen und den Korb auszupacken. Ein Käsebrot hat seine Frau ihm eingepackt. Wasser ist in einer Flasche.

Knapp zwei Stunden wird sich die Flut noch halten, dann kommt die Ebbe. Die Gezeiten der Nordsee sind hier im Störhafen und im Unterlauf des Flusses, viele Kilometer vom offenen Meer entfernt, noch zu spüren. Und bei Flut beißen die Fische besser.

Im Hafen ist es ruhig. Wer jetzt mit seinem Schiff noch nicht flussabwärts unterwegs ist, muss warten. Erst mit der nächsten Flut sind die Schleuse von Brunsbüttel, das Tor zum Kaiser-Wilhelm-Kanal, oder die Häfen von Glückstadt oder Hamburg sicher zu erreichen.

Gripp beißt in sein Brot. Die Luft tut gut. Sie ist frisch, und man glaubt, der Nordsee näher zu sein. Im Hafen ist es nicht so geschäftig wie an den Werktagen. Dann wird be- und entladen. Spediteure fahren mit ihren Lastautos und Gespannen bis an den Schiffsanleger. Säcke werden aus den Speichern geschleppt und Kisten verladen. Die Fischer haben ihre besonderen Liegeplätze, um den Fang an Land zu bringen und oft auch gleich von Bord zu verkaufen.

Heute morgen ist kaum eine Menschenseele zu sehen. Er schaut sich um. In einiger Entfernung sieht man die kleinen Türme der Zuckerfabrik van de Los, die Halle der Laugen- und Seifenfabrik und die Ölmühle Hirschberg. In der anderen Richtung sind die Zementschlote von Alsen.

Schräg gegenüber wird an einem Boot gearbeitet, wohl eine Reparatur durchgeführt. Ein ganzes Stück entfernt liegen im Schatten eines kleinen Schiffes, das auf Land geholt worden ist, drei Gestalten. Vielleicht späte Zecher, die ihren Rausch ausschlafen. Nicht weit entfernt sind die Kneipen des Hafens. In die geht Hans Gripp nicht. Er besucht ganz gelegentlich noch mal den *Alten Ritter*, bei sich zu Hause um die Ecke in Sude. Aber auch das nur noch selten. Das Geld fehlt.

Seit gut zwei Jahren ist er erwerbslos. Die Suder Getreidemühle hatte ihm Lohn und Brot gegeben. Bis Mai 30, da wurden vier der Arbeiter entlassen, weil die Geschäfte schlecht gingen. Nur gut 30 Reichsmark sind sein wöchentliches Stempelgeld. Für sich, seine Frau und drei Kinder. Sie putzt noch bei einer Arztfamilie, zweimal die Woche. Viel von dem Geld muss er für die kleine Wohnung ausgeben. Im Transportunternehmen seines Schwagers konnte er manchmal aushelfen, für ein paar Mark. Aber auch dessen Geschäft lief schlechter wie überall. Die Schlange der Arbeitslosen an der Stempelstelle wurde länger und länger. Kurz vor Heiligabend wird er 40 Jahre alt werden.

Er angelt deshalb nicht nur zum Zeitvertreib. An guten Tagen kann er Brassen, Güstern oder mal eine Flunder für den heimischen Kochtopf mitbringen. Oder Aale. Das wird dann ein Festessen mit Pellkartoffeln und Dillsoße. Das Leib- und Magengericht seiner Kinder.

Hans Gripp weiß nicht, wie das alles so weitergehen soll. Er würde jede Arbeit annehmen, aber es gibt keine. Nur nach unten geht es noch. Die Familie aus der Parterrewohnung ist zwangsgeräumt worden. Mit Gerichtsvollzieher und Polizei, mit Tränen und Kinderschreien. Dann kommt nur noch das, was ganz früher Armenhaus genannt wurde. Das Ende. Und heute wollen nicht einmal die Fische beißen. Die beiden Schwimmer lässt er nicht aus den Augen.

Lautes Geschrei kommt von den Männern, die das Boot reparieren.

In der Stempelstelle erzählen sie, dass es Arbeitsbeschaffungsmaßnahmen geben soll. Straßen bauen, Moore kultivieren. Alles für wenig Lohn, aber immerhin. Aber er weiß nicht einmal, wo er sich darüber erkundigen kann. Vielleicht ist es auch nur Gerede.

Jetzt hat er Glück. Er greift die eine Angel und kurbelt. Die seidengeflochtene Schnur spannt sich. Mit einem Schwung holt er den Fang an Land. Ein Brassen. Nicht sehr groß, zu wenig für eine Familienmahlzeit, aber ein Anfang.

Ein Aal wäre ihm lieber gewesen. Er kann den Kindern selten eine Freude machen. Woher das Geld für Spielzeug oder kleine Geschenke nehmen. An ihren Geburtstagen backt seine Frau immer einen Schokoladenpuffer, das können sie den Kindern gerade einmal bieten.

Es dauert eine ganze Zeit, bis er noch mal einen Fang macht. Wieder ein Brassen, der ist größer als der erste. Die Sonne kommt jetzt stark heraus, und Gripp trinkt einen ordentlichen Schluck Wasser.

Noch ein weiterer Fisch ist nötig, sonst bleiben die Fische nur Zutaten und die Kartoffeln die Hauptsache beim Sonntagsmahl. Fleisch haben sie nur noch sehr selten. Obst und Gemüse häufiger, denn die Schwiegereltern besitzen einen kleinen Bauernhof in Kaaks.

Als die Sonne kraftvoll strahlt und das Wasser sich zurückzieht, wird es Zeit zu gehen. Zwei Brassen sind die Ausbeute geblieben. Morgen ist er im Geschäft des Schwagers, vielleicht kann er noch danach angeln oder am Dienstag. Stempeln gehen zum Arbeitsamt muss er morgen auch wieder. Dann gibt es das Arbeitslosengeld auf die Hand.

Mit wenigen Schnitten seines Taschenmessers nimmt er die beiden Fische aus. Dann kommen sie in den Blecheimer. Sorgsam rollt er die Schnüre der Angeln auf und packt die leere Wasserflasche in den Korb.

Die Männer arbeiten nicht mehr am Boot, sondern rauchen. Das hat er sich schon lange abgewöhnt. Gripp nimmt den kürzeren Weg zurück.

Die drei Männer liegen auf seinem Weg. Da muss er direkt vorbei. Als er auf ihrer Höhe ist, kann er nicht widerstehen. „*Besoopen, noch nich utsloopen. Is Sündach*“, ruft er laut lachend. Und er glaubt ein leises Stöhnen zu hören.

Sachte stupst er den am nächsten liegenden Mann mit seinem Fuß an. Jetzt ist das Stöhnen in ein Knurren übergegangen. Er lächelt. Sind junge Leute.

Aber etwas lässt ihn stehenbleiben. Der eine, der am nächsten zum Boot liegt, mit dem stimmt etwas nicht. Der hat keine Schuhe an, nur Strümpfe. Das ist das erste, was Hans Gripp auffällt. Und der hat Blut unter der Nase. Er stellt Korb und Angeln ab und geht da hin.

„*Moin, Moin*“, spricht er ihn an. Nichts passiert. Die Nase ist ganz rot. Die linke Hand liegt merkwürdig und unbequem unter dem Körper. Zweimal tippt er den Mann mit seiner Schuhspitze an. Einmal leicht, dann doller. Keine Reaktion.

Geht ihn ja eigentlich nichts an, aber nun steht er hier. Und dann ist da auch das Blut unter der Nase. Gripp fasst an die Stirn des Mannes. Kalt. Nun schüttelt er den Körper stark und ruft den Liegenden an. Nichts.

Er nimmt Korb und Angeln, und dann geht es im Laufschritt zur Hafenmeisterei. Da ist immer jemand. Die sollen sich kümmern. *De Mann is dot.*

Mit zwei Polizisten kommen nach einiger Zeit auch Schaulustige. Spaziergänger, Leute vom Frühschoppen der Kneipen, Hafenarbeiter. Hans Gripp ist Zeuge und muss warten, bis auch die Kriminalpolizei herbeigerufen ist. Er wartet gern. Jetzt kommt es mal auf ihn an. Das Mittagessen muss warten.

Nach einer knappen Stunde sind viele Uniformen zu sehen. Sie suchen die Gegend ab. Ein Arzt ist gekommen. Polizisten in Zivil fotografieren, kriechen auf dem Boden neben der Leiche, messen, füllen Papiertüten mit kleinsten Gegenständen, untersuchen die Kleidung und wollen Fragen beantwortet haben.

Die beiden Männer neben der Leiche sind wach, aber nicht klar. Sie werden weggebracht. Hans Gripp steht Rede und Antwort. Der Kommissar ist dick und schwitzt. Aber er ist freundlich. Viel gibt es nicht zu sagen. Halb neun muss es gewesen sein, als er zum Angeln in den Hafen kam. Da lagen die drei schon da. Eine andere Person hat er bei ihnen die ganze Zeit über nicht gesehen. Nur die gegenüber, die am Boot arbeiteten, sind ihm aufgefallen. Persönlich kennt er keinen der Männer. Einen Termin zur schriftlichen Aussage bekommt Hans Gripp für Montag. Dann darf er nach Hause gehen. Da hat er jetzt was zu erzählen.

Die meisten Neugierigen haben sich zerstreut. Ein Getränk ruft oder das Sonntagsessen.

Viel gab es nicht zu sehen. Die Polizisten sagen nur wenig. Gedämpft wird geredet. Ein Arbeitsunfall war das nicht. Wer ist das denn, der da liegt? Wen bringt die Polizei weg?

Die ganze Zeit über steht ein Mann etwas abseits und beobachtet die Szenerie. Er verlässt seinen Platz vor der einfachen Hafenkantine nicht und fragt auch niemanden. Er schaut nur und raucht seine Pfeife. Erst als die Leiche weggebracht wird, geht auch er.

In der Stadt hört man an diesem Sonntag einige Leute davon erzählen. Es gab einen Toten im Störhafen. Mehr weiß man nicht.

2

In der Redaktion der *Itzehoer Nachrichten* am Sedanplatz wird Montagmittag an allen Schreibtischen gearbeitet. Es ist die größte Zeitung der Stadt mit ihren 10 000 Seelen und ihrer ländlichen Umgebung. Tausende lesen das Blatt hier in der Mitte der preußischen Provinz Schleswig-Holstein oder geben dort ihre Inserate auf.

Auch Arno Nolte hackt auf seine Schreibmaschine ein. Seit 11 Jahren ist er Redakteur. Kennt die Stadt wie seine Westentasche, kennt vor allem die, auf die es ankommt. Lokales ist seine Strecke. Am liebsten schreibt er über Sachen, die der *Courier* oder die verschiedenen Parteiblätter mit Sitz in der Stadt, wie das *Norddeutsche Echo* der Sozialdemokraten oder die *Schleswig Holsteinische Tageszeitung* der Nationalsozialisten, nicht haben. „Viele Pfennige ergeben eine Mark“ – so lautet seine Devise.

Die Zeiten sind schlecht. Die Not macht vor der Presse nicht halt. Wer arbeitslos wird, spart schnell an einer Zeitung. Wer bankrott ist, dem hilft keine Annonce mehr. Im Verlag gab es Kündigungen. Jungredakteure waren betroffen, aber auch Arbeiter aus der Druckerei. Seit drei Jahren, als mit dem Schwarzen Freitag an der Börse im fernen New York die Wirtschaftskrise der Welt begann, geht es auch hier in Mittelholstein bergab. Und das Tempo der Talfahrt wird immer schneller.

Nur wer schwimmt, geht nicht unter. Das will Nolte, er hat Frau und zwei Kinder.

Weniger Redakteure bedeutet mehr Arbeit für die verbliebenen. Heute früh war er auf der zentralen Stempelstelle der Stadt. Ein Erwerbslosenausschuss hatte zu einer Protestaktion vor dem Gebäude des Arbeitsamtes aufgerufen. Von den Roten inszeniert. Reden wurden gehalten. Mehr Stütze wurde verlangt und vom Staat finanzierte Gemeinschaftsarbeiten. Eine neue Regierung für das Volk wird gefordert. Nächsten Monat sind wieder Reichstagswahlen. Zugehört und geklatscht haben viele. Als dem Leiter des Amtes eine Petition übergeben werden sollte, gab es Tumulte. Polizei hatte den Eingang abgeriegelt. Nur Arbeitslose mit Stempelkarte fanden in kleinen Gruppen Einlass. Da riefen die Redner zu einer Demonstration durch die Innenstadt auf, zum Rathaus sollte es gehen. Der Aufzug wurde erlaubt, viele gingen aber nicht mehr mit.

Nolte hat aufmerksam zugehört und einen verteilten Handzettel mit in die Redaktion genommen. Daraus schreibt er jetzt einen kleinen Artikel. Zwei Fotos hat er auch geschossen. Aber der Chefredakteur will nur einen Text. Das Ganze nicht zu groß, ist seine Meinung. Die Zeitung ist parteipolitisch neutral.

Am Nachmittag will Nolte zum kleinen Zirkus, der auf den Malzmüllerwiesen spielt. Da kann er ein

Foto schießen, das passt. Vielleicht fallen auch Freikarten ab für seine Kinder. Gebrannt hat es in Tegelhörn, aber wohl nichts Großes. Da kann er bei der Feuerwehr anrufen und einen weiteren kleinen Artikel schreiben. Um sechs beginnt die Ratssitzung. Die Tagesordnung hat man ihm geschickt. Die Sitzungen sind ermüdend, aber da muss er hin.

Mit dem Arbeitslosenartikel ist er fertig. Jetzt geht er durch, was Nansen gebracht hat. Ein Freier, der nicht festangestellt ist, sondern mit Zeilenhonorar bezahlt wird. Der ist auch schon viele Jahre bei der Zeitung und schreibt Berichte über die Itzehoer Gerichtsprozesse. Ein ganz Netter, schwer kriegsbeschädigt, bessert seine kleine Rente auf. Seine Berichte muss er einem festen Redakteur vorlegen. Nolte macht das bei ihm meistens. Auch dieser ist ordentlich geschrieben, fast fehlerfrei und kann zum Setzen gehen. Ein Heiratsschwindler ist verurteilt worden. Dass es so was in diesen Zeiten auch noch gibt, denkt Nolte. Aber 14 Jahre nach dem großen Krieg gibt es auch viele Kriegerwitwen und andere Frauen auf der Suche nach dem kleinen–großen Glück.

Sein Telefon klingelt.

Die Stimme kennt er. Aber was redet der Mann von einem kranken Kind? Klar, der kann wohl nicht offen reden. Jetzt geht es. Es ist eine von Noltes Polizeiquellen. Beamte, die er kennt, manchmal zum Bier einlädt oder denen er auch mal einige Mark zusteckt. Im Gegenzug erhält er Informationen, die gar nicht oder wesentlich später bekannt werden sollen.

Sie sind das Salz in der Suppe eines Lokalreporters. Viele Pfennige ergeben eine Mark.

„*Moin*, Hanno, wie geht's und was gibt's?"

Was er hört, lässt Arno Nolte nach Ende des Anrufs erst einmal die Schnupftabakdose aus seiner alten Anzugjacke nehmen. Er genehmigt sich eine Prise für beide Nasenlöcher.

Es geht um den Toten von gestern. Davon weiß er natürlich schon. Aber jetzt kommt Neues. Der Tote ist ein junger Lehrer von der Kaiser-Karl-Schule, dem Itzehoer Jungengymnasium. Den Namen hat Nolte jetzt auch. Wo mag dessen Familie leben? Er soll wohl erschlagen worden sein. Mehr weiß seine Quelle nicht. Jedenfalls nicht die Polizisten in Uniform, denkt der Redakteur.

Dann muss Arno Nolte beinahe lächeln.

Zwei junge Männer lagen im Hafen direkt bei dem Toten. Sie waren sturzbetrunken und wurden mit Mühe auf die Wache gebracht. Zwei Minderjährige, Gymnasiasten, glaubt die Quelle. Am Sonntagnachmittag mussten ihre Väter sie von der Polizei abholen.

Jetzt spitzt er die Lippen und pfeift leise den Anfang von „Ein Jäger aus Kurpfalz", seinem Lieblingslied in der Volksschule. Auf dem Redaktionstisch von Arno Nolte ist, durch einen Telefonanruf, so was wie ein üppig gepackter Präsentkorb angekommen. Mit Würsten, gutem Bohnenkaffee, einem edlen Wein, Lübecker Marzipan und teuren Zigarren aus Übersee. Nolte muss nur zugreifen.

Der eine Junge ist der Filius von Johannes Butenschön, dem Vorsitzenden der Sozialdemokraten in der Itzehoer Ratsversammlung und einem hohen Tier bei den Gewerkschaften.

Und der andere Vater, der in die Wache kommen musste, ist Marcus van de Los, der Zuckerfabrikant und Förderer von Kultur in der Stadt.

Nolte muss nicht lange kombinieren, um zu wissen, dass dies eine Geschichte für ihn ist.

Die Sprösslinge des ersten SPD-Bonzen und des vielleicht reichsten Mannes der Stadt liegen betrunken neben einem Erschlagenen. Der ist vielleicht ihr Lehrer. Sind sie eines Mordes verdächtig? Aber doch zumindest wichtige Zeugen. Wie kommen sie betrunken in den Hafen? Was verbindet die drei? Was ist im Störhafen geschehen? Warum wurde der Lehrer totgeschlagen? Und von wem?

Was sagen die Jungs? Was ihre Väter? Was macht die Kriminalpolizei?

Nur die letzte der Fragen kann rasch beantwortet werden.

Kommissar Mock, der Chef der Itzehoer Kripo, will zur Mittagspause aufbrechen und ist am Telefon kurz angebunden. Nolte und er stehen sich eigentlich ganz gut.

„Gibt es denn schon Erkenntnisse zu der Leiche im Hafen“, fragt der Redakteur ihn mit freundlicher Stimme.

„Mein Gott, Nolte, er ist grad mal 24 Stunden kalt. Wir ermitteln.“

„Und die Todesursache ist auch noch nicht bekannt?“

„Wir sind Kriminalbeamte, keine Hexer oder Wahrsager.“

„Aber ein natürlicher Tod ist doch wohl auszuschließen?“

Mock macht einen Grunzlaut, den Nolte als Zustimmung wertet.

„Gibt es denn Zeugen der Tat. Es sollen junge Männer ganz in der Nähe der Leiche gefunden worden sein?“

„Verschonen Sie mich, Nolte, mein Magen knurrt. Wir warten die Leichenschau ab, dann wissen wir mehr. Die Polizei ermittelt, das dürfen Sie gerne schreiben. Oder fragen Sie den Staatsanwalt Rohwedder.“

„Und die beiden jungen Männer bei der Leiche sind …“

Doch Nolte kann nicht einmal die Frage zu Ende bringen. Der Kommissar hat aufgelegt.

Dann lässt der Redakteur sich von der Vermittlung mit Staatsanwalt Rohwedder verbinden. Der ist nicht zu erreichen.

Diesen Artikel wird er schreiben. Das soll seine Geschichte werden. Da ist doch was draus zu machen. Vielleicht so wie der „Scheunenmord“ im letzten Herbst. Der junge Pole, der ganz augenscheinlich die Bauerntochter auf einem Dorf gehängt hatte und zu lebenslänglich verurteilt wurde. Eigentlich zu milde, wie Nolte immer noch denkt.

Oder das neue schwere Verbrechen, das die Stadt erschüttert: der „Mündel-Mord". Vor drei, vier Wochen passiert und vielleicht noch in diesem Sommer vor dem Schwurgericht. Ein Mann aus dem Westfälischen erwürgte einen pensionierten Amtmann in Itzehoe. Es gab zunächst keinen Hinweis, dass die beiden sich überhaupt kannten. Dann wurde ermittelt, dass der eine vor langer Zeit der Vormund des Mörders war. Das Mündel lebte über Jahre in dessen Haushalt. Nun, anderthalb Jahrzehnte später und als erwachsener Mann kam er in die Stadt, beging die Bluttat und stellte sich der Polizei. Seither schweigt er im Gefängnis. Wenig ist bekannt, viel wird spekuliert. Etwas Dunkles muss damals geschehen sein. Warum kam der Mann, ein Waisenkind, mit solchem Hass nach langen Jahren zurück?

Jetzt muss er aber erst mal zum Chefredakteur. Wegen der neuen Sache. Der sitzt hinter Glasscheiben mit Blick auf die Redaktion. Nolte klopft, und ihm stößt süßlicher Pfeifentabak entgegen. Nicht sein Geschmack.

Nolte erzählt kurz die Fakten. Der Chef weiß, dass er spezielle Informanten hat, duldet es und will auch nie wissen, wer Noltes Quellen sind.

„So, so …" sagt er nach einer kleinen Nachdenkpause und bläst Rauch aus. „Es gibt also wenig Konkretes, außer den Jungen und dem Toten natürlich. Aber ihre Rolle ist unklar, so ist es doch."

„Von einem Verbrechen kann man wohl ausgehen. Dafür sprechen schon die Umstände. Und die jungen

Herren sind mit Sicherheit wichtige Zeugen, vielleicht mehr. Das gilt es herauszufinden."

„Gut, Nolte, schreiben Sie einen Artikel, zweispaltig, für die erste Lokalseite. Mit allem, was wir bisher haben. Sie können der Sache auch weiter nachgehen. Aber nur Tatsachen. Wir können keinen Ärger brauchen, von keiner Seite."

Der Chefredakteur beginnt die Pfeife auszukratzen.

„Sollte ich vielleicht versuchen, die Familien um eine Stellungnahme zu bitten, ich …"

Nun klopft der Chefredakteur mehrmals mit der Pfeife auf den Rand des Aschenbechers, um den Pfeifenkopf ganz zu leeren.

„Unterstehen Sie sich. Keinen Ärger habe ich gesagt. Beide Väter stehen ja im öffentlichen Leben. Herr van den Los unterstützt generös den Theaterverein, wo auch meine Frau … Natürlich soll alles berichtet werden. Aber nur das, was für Polizei und Staatsanwaltschaft gesichert ist."

„Nun ja, ich verstehe. Über den Toten kann ich aber Erkundigungen einholen?"

„Natürlich, Nolte. Das können Sie. Aber ansonsten alles mit Fingerspitzengefühl."

Der Chef ist bei diesem Thema also Diplomat. Aber verboten hat er nichts. Es kommt nur auf den richtigen Dreh an. Und man muss die Sache sich entwickeln lassen. „Eile mit Weile" und dranbleiben. Das kann Nolte.

Zurück an seinem Platz, beginnt er, an dem Artikel zu arbeiten. Viel hat er nicht. Aber es würde ja auch nur sein allererster Artikel zum Mord im Störhafen sein. Oder besser erst mal nur vom „Verbrechen im Störhafen“ schreiben. Da kann er später nachlegen, wenn die Leichenschau beendet ist. In der Schule sollte er mal anrufen. Die machen doch sicher eine Trauerfeier. Oder er könnte vorbeigehen. Auf dem Weg zum Zirkus. Die Freikarten locken. Den kleinen Artikel zum Brand kann ein Kollege verfassen.

Und Vater Butenschön sieht er ja am Abend auf der Ratssitzung. *Der rote Jonny.* Ein Sozi ist Nolte nicht. Aber mit Butenschön werden Sitzungen manchmal unterhaltsam. Er liebt eine deftige Ausdrucksweise. Und was vertragen nach den Sitzungen, im Gasthof Zur Linde, kann er auch.

Den könnte er vielleicht mal kurz unter vier Augen fragen, ob der Filius schon wieder ausgenüchtert ist und was er so erzählt. Jonny ist doch nie um eine Antwort verlegen. Beim Zuckerbaron ist es schwieriger. Der ist ganz oben und sehr angesehen. Mit dem hat er noch nie zu tun gehabt. Der hat viele Freunde in der Stadt. Aber doch sicher auch Neider. Vielleicht wissen die was. Die muss er finden.

Nolte schmunzelt beim Tippen. Viele Pfennige ergeben eine Mark.

3

Das Gasthaus Laage am Sandberg serviert seinen Mittagsgästen das Tagesgericht oder ein Essen von der Karte. Groß ist der Speiseraum nicht, aber schon ein bisschen gediegen. Die weißen Tischdecken sind zwar etwas abgewetzt, aber immer frisch-sauber. Es gibt einen festen Kreis von Stammgästen, neue Gesichter sind eher selten.

Fräulein Gerda, die Serviererin, ist eine Institution. Freundlich und mit den kulinarischen Vorlieben ihrer Gäste vertraut. Jetzt nimmt sie die Bestellung vom hinteren Fenstertisch auf.

Dort sitzen an diesem Montag zwei ihrer Stammgäste. Johannes Blum und Peter von Brixen. Zwei Männer von Mitte dreißig. Rechtsanwälte in ihrer Geburtsstadt und enge Freunde, seit sie gemeinsam von der Sexta an alle Klassen der Kaiser-Karl-Schule besucht haben.

Die Unterschiedlichkeit ist die Basis der jahrzehntelangen Freundschaft. Brixen ist aus verarmtem Adel, hat aber reich geheiratet. Blums verstorbener Vater war Tischler. Brixen trägt einen guten blauen Anzug, heute auch mit Kavalierstaschentuch. Blum trägt einen seiner drei abgetragenen Büroanzüge. Brixen hat eine Ehefrau und zwei Söhne. Blum ist unverheiratet. Blum war Brixens Trauzeuge. Brixen wäre das gern auch für ihn.

Brixen liebte auf der Schule Latein und Blum Geschichte. Blum zog als Freiwilliger in den Krieg des Kaisers und kam verwundet und desillusioniert zurück. Brixen war wegen eines Gelenkleidens nur garnisonstauglich und blieb zu Hause. Der eine ist seit der Schulzeit „Blumi“ und der andere wegen seines Hinkens „Ente“.

Unterschiedlich sind auch ihre beruflichen Tätigkeiten. Blum arbeitet schon immer als Strafverteidiger, er vertritt Klienten, die wegen kleiner oder größerer Straftaten vor Gericht stehen. Brixen hat durch seine Frau Zugang zu den höheren Kreisen und ist ein gesuchter Anwalt für Ehescheidungen und arbeitet für Firmen.

Ihre Freundschaft wird manchmal auf die Probe gestellt, bewährt sich aber eigentlich immer.

Fräulein Gerda muss nicht lange fragen. Beide Herren nehmen das Tagesgericht. Das Holsteinische Bauernfrühstück, Bratkartoffeln, Rührei, Schinken und eine große Gurke. Nach dem Essen wird sie einen starken Kaffee bringen und wohl auch einen Weinbrand. So wie immer.

„Ist mit Margaretha alles in Ordnung?“, fragt Blum. Sie ist schwanger.

„In gut drei Monaten soll es soweit sein. Du kennst sie ja. Wenig könnte meine Gattin einschränken. Und eine gewisse Übung hat sie ja auch schon“, erwidert Brixen mit halbvollem Mund.

„Und mit Fräulein Nissen, ein Herz und eine Seele?“

Seit Monaten ist Blum mit einer Kunstlehrerin der Höheren Töchterschule liiert. Sein Freund kennt sie auch. Denn Frau von Brixen und Agnes Nissen gehören zum Itzehoer Kunstverein.

Blum wischt sich mit der Stoffserviette den Mund. „Agnes und ich, das ist schön.“

„Und?“ Brixen lächelt beim Essen.

„Was, und?“ Blum lächelt auch. „Du möchtest mit mir zu Kirche und Standesamt?“

„Drum prüfe, wer sich ewig bindet …“ Brixen deklamiert.

„Ob er nicht noch was Besseres findet“, fällt ihm Blum ins Wort.

„Banause. Wir haben Schillers Gedicht beide auswendig lernen müssen: Drum prüfe, wer sich ewig bindet. Ob sich das Herz zum Herzen findet.“

Beide müssen lachen und sind bald mit dem Essen fertig.

Zum Kaffee zündet Blum sich eine *Sanoussi*, seine Zigarettenmarke, an. „Bevor Du mit Deiner ständigen Fragerei weitermachst. Ich würde mich gern mit Agnes verloben. Ich warte auf einen günstigen Moment.“

„Nur nicht zu lang.“ Brixen trinkt seinen Weinbrand.

Die Anwälte sprechen dann über Fälle, die sie in ihren Büros haben. Besonders Brixen kennt immer süffisante Geschichten aus den besseren Kreisen. Aber selbst bei ihm nimmt die Zahl der Klienten ab. Auch kleine Geschäftsleute oder Handwerksbetriebe sind von der Krise bedroht oder müssen sogar aufgeben. Das trifft auch zum Teil seine Mandantschaft. Bei Blum gibt es ebenfalls weniger Arbeit. Nicht, dass die Zahl der Straftaten sinkt. Aber viele können sich keinen Anwalt an ihrer Seite mehr leisten.

„Am 10. Juli, einem Sonntag, würde ich gerne mit Dir und unseren kunstsinnigen Damen nach Hamburg fahren. Die können in Kunst machen, und wir könnten uns die Wahlkampfrede von Hitler anhören. Er spricht, und ich möchte einfach nur hören, was so viele Leute an dem finden."

Blum glaubt, sich verhört zu haben. „Was hast Du vor?"

„Er spricht dort, öffentlich, auf dem Heiligengeistfeld. Ich habe es gelesen. Zu den Reichstagswahlen Ende Juli. Ich möchte mit eigenen Augen sehen und mit meinen Ohren hören, warum ihm so viele hinterherlaufen, hier ja schon die Mehrheit."

„Also, ich weiß nicht. Du hast Ideen. Kauf Dir ihre Zeitung, oder geh in der Stadt in ihre Versammlungen. Du spinnst. Ich will ihn nicht wählen und nicht hören."

„Wählen will ich ihn auch nicht. Aber hören schon. Millionen Deutsche machen dort ihr Kreuz. Besonders viele in unserer Gegend. Und Versprechungen machen auch alle anderen Parteien. Er bekommt aber die Stimmen, warum?"

„Und Deine sehr schwangere Frau willst Du dahin mitnehmen?"

„Nein. Für Margaretha und Deine Agnes gibt es sicher etwas von Interesse in der Kunsthalle. Und wir alle zusammen könnten essen und an der Alster spazieren gehen. Die Kundgebung ist erst am Nachmittag."

Blum ist unwillig und wechselt das Thema. Er möchte etwas über Brixens Verlobungsantrag wissen. Aber der macht den langen Zeitablauf geltend und findet, das sollte ein Mann ganz für sich entscheiden.

„Ich habe es schon mal gemacht, vor Jahren", sagt Blum. „Es hat mir viel Schmerz bereitet": Eine Verlobung nach bestandenem Examen in Berlin war gescheitet.

„Fass Dir ein Herz. So eine wie die patente Lehrerin findest Du nicht wieder. In Deinem Alter." Brixen trinkt den Rest Weinbrand.

„Und wenn Du erst Ehemann bist, gilt für Dich ein Leben lang *regum regum rogamus.* König der Könige." Brixen liebt seine lateinischen Zitate. Und lacht unverhohlen.

Die Freunde brechen auf. Brixens Büro ist in der Breiten Straße. Blum hat seine Kanzlei in der Nähe von Gericht und Gefängnis.

Der kleine Fußmarsch in der Junisonne tut ihm gut. Im Büro warten Akten und seine Nachmittagssprechstunde.

Seine Sekretärin, Clara Hansen, tippt. Seit er vor fast sieben Jahres das Büro eröffnete, ist sie bei ihm angestellt. Loyal, tüchtig und herzlich. Einige Jahre älter als er, noch ganz jung war sie Kriegerwitwe geworden. Ihr Mann fiel an der Westfront. Seitdem lebt sie allein. Das würde sich bald ändern. Im Juli heiratet sie einen ebenfalls verwitweten Justizbeamten. Blum ist zur Hochzeit eingeladen.

Nach dem Durchsehen der Post und dem Unterschreiben fertiger Briefe beginnt seine Sprechstunde.

Sein erster neuer Klient ist am Kopf bandagiert. Es gab eine Schlägerei. Jetzt wirft man ihm Körperverletzung vor. Wie mag der andere aussehen, denkt Blum, und lässt sich eine Vollmacht unterzeichnen.

4

In der Dienstagsausgabe der Itzehoer Nachrichten vom 28. Juni 1932 ist Arno Noltes Artikel nur klein gebracht. Er steht unten auf der ersten Lokalseite.

Darunter sind Kleinanzeigen für getragene, aber „herrschaftliche" Herrenkleidung aus einer Konkursmasse, und für 5 RM im Monat wird Klavierunterricht angeboten. Daneben ist ein Kasten mit Veranstaltungen, die heute in Itzehoe stattfinden. Ein Vortrag, freiwilliges Blutspenden und eine Wahlversammlung mit Aussprache.

Der Aufmacher der Seite ist eine Messerstecherei, die sich in den frühen Morgenstunden des Montags in der Innenstadt zwischen drei angetrunkenen Männern ereignet hat. Dabei wurde ein 37-jähriger Tankwart am Unterarm verletzt und musste in das Krankenhaus gebracht werden. Der dorthin gerufenen Polizei konnte er den Namen eines der anderen Männer benennen. Dieser wurde festgenommen und gab den Dritten aus dem Bunde preis. Die Ermittlungen zum Grund des blutigen Streits sind aufgenommen.

Auch der Brand in Tegelhörn ist größer und mit einem Foto versehen. Die Feuerwehr kam mit einem Großaufgebot. Die Bewohner des Hauses wurden alle gerettet. Ein Mieter im Dachgeschoss soll mit einer brennenden Zigarette eingeschlafen sein. Mit einer Rauchvergiftung liegt er im Krankenhaus.

Dann folgt Noltes Bericht.

Toter im Störhafen wurde Opfer eines Verbrechens

Sonntagmittag wurde der 25-jährige Hans Passigk tot im Störhafen aufgefunden. Er ist seit einem Jahr Lehrer für Deutsch und Geschichte an der KKS und wohnt auch in Itzehoe.

Die Kriminalpolizei hat ihre Ermittlungen aufgenommen. Die bisher bekannten Umstände deuten auf ein Verbrechen hin. Nach unbestätigten Meldungen ist der Mann erschlagen worden. Motiv und Täter sind noch nicht bekannt. Die Polizei verfolgt mehrere Spuren.

Da der Hafen keine menschenleere Gegend ist und es Zeugen am Tatort gab, sind bald erste Ergebnisse zu erwarten. Auch wird die Leiche auf Spuren der Tat untersucht.

Die Informationen über die Fächer des toten Lehrers an der KKS hatte Nolte von der hilfsbereiten und wirklich schockierten Schulsekretärin erhalten. Sie war so freundlich, aus der kleinen Dienstakte auch das Alter und die Adresse herauszusuchen. Eine Ehefrau hat er laut der Akte nicht. Aus der Stadt stammt er auch nicht. Nolte hatte die Fähigkeit, sich solche kleinen Gefälligkeiten zu verschaffen. Die Beschreibung der Frau über das Aussehen des Toten war aber recht allgemein. Direkt zu tun hatte sie mit ihm nur selten gehabt.

Dass Mock und seine Assistenten mehrere Spuren verfolgen, entsprang mehr der Phantasie des Redakteurs. Die Leute wollen so etwas gerne lesen. Und es macht ein ganz klein wenig Druck. Den kann er beim nächsten Anruf bei dem Kommissar benutzen. Zur Zimmerwirtin will er demnächst gehen. Aber dann ist die Polizei schon dort gewesen – auch in der Schule waren sie schon vor ihm. Manchmal aber reden die Menschen ruhiger und ausführlicher mit ihm als mit den Beamten. Er trifft dafür die richtige Tonlage, tritt ja auch nicht als Obrigkeit auf, kann zuhören und verschmäht selbst den dünnsten Kaffee nicht, weiß ihn sogar zu loben. Fingerspitzengefühl beweist er zudem. Leider musste der rote Jonny nach der Ratssitzung schnell weg, und es ergab sich auch sonst keine Gelegenheit, ihn zu befragen. Aufgeschoben, nicht aufgehoben.

Arno Nolte hat die Nase wieder mal vorn. Jetzt würde er dranbleiben. Alle anderen Blätter vor Ort bringen viel weniger. Im Courier, dem Echo und der Tageszeitung stehen nur wenige Zeilen ohne Hintergrund.

Auch die Maschinerie der Itzehoer Kriminalpolizei setzt sich in Bewegung.

Mock und Kriminalwachtmeister Braun waren am Sonntagmittag im Hafen gewesen. Montag sprach der Kommissar mit dem zuständigen Staatsanwalt Rohwedder. So ein jüngerer, neuer, mit dem war Mock noch nicht richtig warm. Der wollte ihn an der kurzen Leine halten. Dabei hatte er schon ermittelt, als der Herr Staatsanwalt noch die Schulbank drückte. Die Besprechung war kurz, die Anweisungen die üblichen. So wurde immer vorgegangen. Auch wenn der junge Staatsanwalt mit der aufdringlichen Fliege tat, als verkünde er neueste kriminalistische Weisheiten. Aber Mock wusste aus sehr langen Dienstjahren, wann Schweigen das einzig Richtige war.

Die Maschinerie lief. Sonntag kannten sie bereits die Identität des Toten durch seine Papiere. Dass er ein Pauker war, konnten die betrunkenen Jungen mitteilen, die neben ihm gefunden wurden. Mehr bekam man nicht aus ihnen heraus. Die waren seine ersten Verdächtigen. Eine Vorladung zur Vernehmung an beide ist bereits raus. Sie sind „Zeugen oder mehr“ hatte Rohwedder gesagt. Durch die Mangel drehen kann Mock sie aber nicht. Noch nicht. Sie sind minderjährig. Gut, zudem haben sie Väter, die in der Stadt was darstellen. Aber das würde den Kommissar nicht stören. Es gibt aber noch viel zu wenige Fakten.

Der Tote hatte aus der geschwollenen Nase geblutet. Aber daran stirbt keiner. Doch auch der Hinterkopf war eigenwillig geschwollen und deformiert. Medizinalrat Schmidt-Kamphaus würde bald Genaues wissen. Und es war eine zerbrochene Flasche gefunden worden. Mit Blut an einer Scherbe. Das wird auch untersucht. Kann aber länger dauern. Was war in den Stunden vor dem Tod passiert? Wie kamen die jungen Pennäler besoffen neben dem Toten zu liegen? Standardfragen, die über kurz oder lang auf die richtige Spur führen würden.

Eins machte Mock aber schon seit Sonntag stutzig. Das passte nicht in ein Muster. Warum hatte der tote Lehrer keine Schuhe an? Und wo sind die jetzt?

Montagnachmittag waren sie beim Direktor der KKS gewesen. Ein vernünftiger Mann. Für einen Schulmeister machte er nicht zu viele Worte. Mock schätzte so was. Deutsch und Geschichte unterrichtete der Tote. Er malte auch und hatte im Kollegium zu einer Ausstellung junger Künstler im Prinzesshof am vergangenen Sonnabend eingeladen. Dort wurden auch Bilder von ihm gezeigt. Künstler auch noch, dachte der Kommissar. Seine eigene Schulzeit im vergangenen Kaiserreich empfand er als Hölle.

Dann waren Mock und Braun im Künstlerhaus gewesen. Beide zum ersten Mal in ihrem Leben. Einige mittelholsteinische Landschaftsbilder fand Mock ganz gut gelungen. Er kannte sich ja nicht aus. Aber vieles war doch gewagt und unverständlich. Auch die drei Bilder des Toten. So sollte Kunst nach seinem Geschmack nicht sein. Aber die Zeit war wohl danach.

Nach der Ausstellung gingen viele der Künstler und Teile des Publikums noch gemeinsam weg. Man geht dort gern in das „Panoptikum" am Hafen, an der Störschleife, wusste der Mann vom Künstlerhaus. Das passt, dachte der Kommissar. Schäbige Kneipe in ebensolcher Gegend. Mit der Frage, ob der tote Pauker Schuhe getragen hatte, ernteten die Beamten nur fassungsloses Kopfschütteln.

Mit den Namen der Leute, die mit in das „Panoptikum" gegangen waren, wird viel Arbeit auf die Polizei zukommen. Die Auskünfte des Mannes vom Künstlerhaus sind vage. Vielleicht wissen die beiden Jungen mehr. Leichter ist die Benachrichtigung der

Angehörigen des Toten. In Itzehoe hat er keine Familie. Er stammt aus Ratzeburg. Die dortigen Kollegen müssen das übernehmen.

Das wird lang und schwierig, sagte Mock bei Dienstschluss am Montag. Oder kurz, wenn es einer der Jungen war, warf Wachtmeister Braun ein.

Dienstagfrüh sind beide Beamten vor einem Bürgerhaus mit kleinem Vorgarten in der Straße Hinterm Klosterhof. Sie klingeln bei Erna Speck. Dort wohnte der Tote möbliert zur Untermiete.

Frau Speck ist eine gepflegte Frau weit über die sechzig. Mit zahllosen „Oh Gott, oh Gott, ist das nicht schrecklich“ bekundet sie ihre Trauer. Seit einem Jahr wohnt der Herr Passigk bei ihr. War ja nur ein kurzer Weg für ihn zur Schule. Immer korrekt, die Miete wurde stets pünktlich gezahlt. Sie kann wirklich nichts Schlechtes sagen. Gute Manieren. Energisch wird der Kopf auf die Frage nach Damenbesuchen geschüttelt. Schüler der KKS seien manchmal gekommen. Der Herr Passigk war ja selbst noch jung und hatte noch nicht alle Staatsprüfungen abgelegt. „Ja, es ist wirklich schrecklich“, sagt Mock zu ihr. „Jetzt würden wir gerne das Zimmer sehen.“ Frau Speck führt sie durch ihren Flur hin und beginnt, Kaffeewasser aufzusetzen.

Groß ist der Raum und aufgeräumt. Ein Bett, ein Kleiderschrank, ein Bücherbord und ein Tisch mit vier Stühlen. Zwei kleine Topfpflanzen. Der Tisch ist an das Fenster gerückt und dient wohl auch zum Arbeiten, denn auf ihm liegen allerlei Dinge.

Braun nimmt sich den Kleiderschrank vor, Mock die Bücher. Goethe und Schiller, Liliencron und Storm. Der Deutschpauker las natürlich Dichter. Einige Bände waren über deutsche Geschichte, dickere Schwarten über Kunst. Dann liest er den Titel „Untergang des Abendlandes“ von einem Oswald Spengler, gleich in zwei Bänden.

„Ich habe nichts, außer 50 Mark in Zehnern, lagen offen im Schrank. Sonst nur das Übliche zum Anziehen.“ Braun hält die Geldscheine hoch.

„Schuhe“, fragt Mock.

„Ein Paar und Puschen.“

„Puschen?“

„Hausschuhe, Herr Kommissar. Umgangssprachlich.“

„Nimm die Straßenschuhe und frage Frau Speck nach einem weiteren Paar. Sie soll das genau beschreiben, wenn sie kann. Und frag nach Kaffee und den Schülern, die ihn besucht haben.“

Braun geht und Mock liest einen gerahmten Sinnspruch über dem Kopfende des Bettes.

Über allen anderen Tugenden steht eins:
Das beständige Streben nach oben,
Das Ringen mit sich selbst,
Das unersättliche Verlangen nach größerer
Reinheit, Weisheit, Güte und Liebe.
J. W. v. Goethe

Pauker, denkt Mock und schüttelt den Kopf. Genutzt hat es ihm nicht viel. *Nu is he dot.*

Auf dem Tisch sind zwei Mappen. Sie enthalten nur handschriftliche Aufzeichnungen. Auf der einen steht „Deutsch“, auf der anderen „Geschichte“. Dann sind da ausgeschnittene Zeitungsartikel über Kunstausstellungen. Und ein kleiner Zeichenblock, von dem nur die ersten beiden Seiten mit Bleistift bemalt sind. Es ist aber gar keine Zeichnung, sondern in Feldern oder Rechtecken und Kreisen stehen Farbennamen. Grün, Blau und Rot. Mock legt ihn zurück. Einige Groschen liegen neben einem Bleistift und einem Füllfederhalter. Dann ist da noch eine Mappe mit Briefen, auch in anderen Handschriften als von Passigk. Viele Briefe und Zettel. Das wird Mock mitnehmen zum Auswerten.

Zwei größere Zeichenblätter sind in der Mitte eingeknickt. Auf ihnen ist ein Frauenkörper mit Bleistift gezeichnet. Nackt und in allen Details, wie der Kommissar feststellt. Die Pose und damit der Blickwinkel sind aber unterschiedlich. Einen Akt nennt man das, soviel weiß Mock. Etwas fehlt. Es fehlt auf beiden Zeichnungen ein Gesicht. Nur Buchstaben sind zu sehen. Zweimal der dreizehnte des Alphabets: das *M*. Und zweimal steht da in kleinen Buchstaben *hapa*.

Wer mag da Modell gesessen haben? Hier in diesem Zimmer ist wohl kaum der Ort, Zimmerwirtinnen sind wachsam. Oder hatte der Herr Künstler aus dem Gedächtnis gezeichnet? Die Blätter werden auch konfisziert.

Unter dem Bett ist nichts. Der Kommissar stöhnt beim Aufstehen. Auf dem Nachtisch liegt eine Ausgabe der Itzehoer Nachrichten von Sonnabend. Dort steht ein Artikel über die Eröffnung der Kunstausstellung vom selben Tag.

Darunter ist ein Buch mit herausstehendem Lesezeichen. Arthur Moeller van den Bruck: „Das dritte Reich“. Das dritte Reich, denkt Mock. Politik. Weht daher der Wind?

Jetzt geht er auch in die Küche. Braun und Frau Speck trinken schon Kaffee. Er wird dazugebeten und bekommt eine Tasse eingeschenkt. Mit zwei Löffeln Zucker und einem Schuss Milch.

Braun ist eher was für ältere Damen. Nicht so muffelig wie sein Chef. Und er hat sich auf seinem Notizblock auch schon einiges aufgeschrieben. Der Kaffee ist ordentlich, aber die Dame sagt wieder, dass es schrecklich ist. Bei der Verabschiedung fragt sie aber auch, ab wann sie wieder vermieten kann und ob die Herren Polizisten noch einmal wiederkommen müssen.

Braun hat eine Beschreibung des zweiten Paars Schuhe, das hatte Frau Speck für ihren Untermieter vor kurzem zum Schuhmacher gebracht. Ihre Beschreibung der Schüler war aber nicht besonders detailliert.

Man wird sehen. Das Ergebnis der Leichenschau ist wichtig. Sonst kommen sie nicht weiter. Und dann die Jungen. Staatsanwalt Rohwedder will dabeisein. Und sie brauchen alle Namen von den Begleitern des Toten in den Störhafen.

Sie werden schnell vorankommen, oder es wird eine lange Ermittlung. Das ist auch Dienstag bei Dienstschluss der Stand.

Und Mock ist immer noch irritiert über die fehlenden Schuhe. Das ist bei ihm selten.

5

Im Weltkrieg hat Blum alles erlitten: das Gas, den Armschuss, die Angst, das Blut, die ewigen Läuse, den Nahkampf, das Geräusch der Schrapnells vor dem Einschlag, den Hunger, das Wimmern der Sterbenden, den brennenden Durst, den Sturmangriff, ungeschützt auf die französischen Gräben zu und am Ende die Gewissheit, dass er, berauscht von Kaiser und Vaterland, sinnlos sein junges Leben für nichts Gutes und Wahres beinahe geopfert hätte.

Doch auch 14 Jahre danach kann ihm ein Aufenthalt im Wartezimmer von Dentist Peters noch Angst machen. Der septische Geruch allein ist schrecklich. Er meidet den Gang, bis sein Zahnschmerz keinen Ausweg mehr lässt.

Ein Weisheitszahn muss gezogen werden. Das geht schnell, mit einem Knacken, eine Fontäne des Schmerzes ergießt sich vom Mund in den Kopf. Er spuckt Blut in das Becken und ist schweißgebadet.

Eine Schmerztablette wird ihm mit auf den Weg gegeben. Und an ein Mittagessen ist nicht zu denken. Den Arztbesuch legte er kurz vor die Mittagspause, und Brixen war benachrichtigt und angemessen mitfühlend gewesen.

Er schlendert durch die Stadt, besucht das kleine Antiquariat in der Buchhandlung Weinstein, ohne etwas zu kaufen. Dann geht er in sein Büro. Bei Clara Hansen würde er Trost finden. Er schluckt die Tablette mit etwas Wasser und lässt sich bedauern. Die Nachmittagssprechstunde hat er für heute ausfallen lassen. Zu einem Aktenstudium sieht er sich aber in der Lage. Auf jeden Fall würde er früh gehen. Agnes ist heute in ihrem kleinen Atelier.

Mit anschwellender Backe und mit der Zunge zwanghaft immer wieder zur Zahnlücke tastend, liest er die Akten der beiden Fälle, in denen noch diese Woche Verhandlungen anstehen. Die *Juristische Wochenschrift* liegt auch noch auf seinem Schreibtisch. An eine Tasse Kaffee oder einen verlockend im Bücherschrank stehenden Weinbrand ist jetzt immer noch nicht zu denken. Der Arzt hat zwei Stunden Abstinenz verlangt.

Nach kurzem Klopfen öffnet Frau Hansen die Tür. „Herr Doktor, Frau von Brixen."

Sehr überrascht blickt Blum auf. Margaretha von Brixen, groß, blond, gut frisiert, in einem beigen Sommerkleid, und einen schon recht großen Bauch vor sich herschiebend, betritt sein Arbeitszimmer.

Blum sieht sie häufig. Die Freundschaft zu ihrem Mann ist seit Jahren auch auf sie übertragen. Er ist der Patenonkel ihres ältesten Sohns Felix. Aber in seinem Büro war sie zuletzt vor Jahren, als er mit einem kleinen Empfang die Kanzlei eröffnete.

„Ist was mit Peter?“ Das ist Blums einzige Erklärung.

„Nein, nein. Entschuldige mein unangemeldetes Hereinplatzen. Aber es ist etwas anderes geschehen. Ich brauche Deine Hilfe.“ Sie setzt sich unter einigen Mühen auf den Besucherstuhl.

Blum legt besorgt seine Stirn in Falten.

„Möglicherweise kennst Du meinen Neffen Hinrich. Den Sohn von Marcus.“

Marcus van de Los kennt der Anwalt als den weit älteren Bruder von Margaretha und Brixens Schwager. Man war sich bei den Brixens gelegentlich begegnet. Von einem Sohn hat er aber kein Bild vor Augen.

„Du hast von dem toten Lehrer im Störhafen gelesen?“ Blum nickt.

„Hinni war dabei. Er lag quasi neben dem Toten. Er steht wohl unter Verdacht. Jedenfalls gibt es für morgen eine Vorladung auf die Polizei, darum bin ich hier.“

Margaretha ist ganz anders als sonst. Schön, reich geboren und sorgenfrei, hat sie meist ein selbstbewusst-gelassenes Auftreten. Heute nicht. Ihr Neffe, dem sie eine mütterliche Tante sei, hat vor zwei Wochen sein Abitur an der KKS bestanden. Er interessiert sich sehr für Kunst, mehr theoretisch als selbst ausübend, und möchte ab Herbst Kunstgeschichte studieren. Er besucht regelmäßig Ausstellungen in Hamburg und sogar in Berlin, nimmt aber auch Anteil an dem „bisschen Kunst“ hier in Itzehoe. Er war Gast bei der Ausstellungseröffnung vergangenen

Sonnabend im Künstlerhaus. Von dort ging es weiter in den Störhafen, auch in Begleitung des Malers Passigk, der ausstellte und dann tot gefunden wurde.

„Fräulein Nissen und Du, ihr wart doch ebenfalls dort. Seid ihr noch in das ‚Panoptikum' mitgegangen. Ich in meinem Zustand natürlich nicht."

„Ja. Es war eine größere, ziemlich laute Clique. Wir sind aber nicht lange geblieben."

Blum lässt sich Margarethas Neffen beschreiben. Nur sehr langsam formt sich dazu ein Gesicht, eigentlich kaum. Von dem Toten hat er – so wie er charakterisiert wird – eine Vorstellung. Jedoch verbindet er nichts mit dem Namen und seinen Bildern.

„Offenbar wurde allseits viel getrunken, dieses grüne Zeug, das bei denen so beliebt ist, die sich für Künstler halten. Hinni natürlich auch. Mit Hans Passigk und einem Mitabiturienten ging es dann aus der Kneipe in den Hafen. Wohl noch mit einer neuen Flasche von diesem Schnaps. Aufgewacht ist er dann erst, als Polizisten ihn mit Gewalt wachrüttelten."

„Und es gibt eine Vorladung zur Polizei?"

„Für morgen um ein Uhr."

„Juristisch muss das nicht viel bedeuten. Ich las in den Nachrichten, dass der Mann erschlagen worden sein soll. Die Polizei ermittelt. Sie sind verpflichtet, Zeugen vorzuladen, die etwas gesehen haben können. Was sagt Dein Neffe?"

„Er ist sehr betrübt. Der Tote war in einem Fach sein Lehrer gewesen. Sie kannten sich also schon länger. An das Geschehen erinnert er sich aber kaum.

Alles sei in dickem Nebel verborgen. Kurz und gut: Er ist wohl sehr betrunken gewesen."

„Aber es gibt doch wohl keinen Hinweis darauf, dass er in irgendeiner Weise verdächtig sein könnte? Welches Motiv sollte er für eine solche Tat auch haben?"

„Ich möchte, lieber Johannes, dass alles in geordneten Bahnen abläuft. Hinni ist sehr sensibel, mal sehr charmant für sein Alter, fast zu sehr, aber auch verschlossen. Er war noch nie in einer solchen Lage. Was weiß er von Polizei, deren Fragen oder Vorgehen. Ich möchte nicht, dass ihn irgendetwas beschwert."

„Und was sagt Dein Bruder. Der Junge ist doch noch minderjährig?"

„Marcus hat zur Zeit andere Sorgen. Er wird ihn zum Verhör begleiten, möchte aber kein unnötiges Aufsehen. Ich glaube, er schenkt der Sache auch nicht genug Aufmerksamkeit. Mit Deinem Kommen ist er einverstanden. Und meine Schwägerin, nun ja, sie ist schwierig und nicht nur jetzt überfordert. Ich habe seit vielen Jahren schon ein halbes Kind zusätzlich, wenn Du verstehst."

Dazu hat Blum nur eine ungefähre Vorstellung. Warum bewegt es Margaretha so außerordentlich? Eine Zeugenaussage über den Ablauf des Abends, über Beobachtungen oder Äußerungen des toten Lehrers, das ist doch eigentlich keine große Sache.

„Natürlich bin ich bereit zu helfen, wenn Dein Bruder und der Junge es wünschen. Es könnte aber auch gar nicht erforderlich sein."

„Wir werden das sehen", sagt Margaretha. Sie lächelt zum ersten Mal. „Heute um acht tagt der Familienrat in der Villa van de Los."

„Und Peter, er ist doch auch ein Anwalt?"

„Ach, Peter und Marcus …" Frau von Brixens Züge verdunkeln sich wieder.

Blum erfährt dann noch, dass Johannes Butenschön jun. der andere Abiturient ist, der in den Hafen mitging und schlafend neben dem Toten gefunden wurde.

„Erzähl mir noch etwas über den toten Lehrer Passigk, unterrichtete er Kunst?"

Margaretha ist sich nicht sicher. Sie kannte Passigk aus ihrer Arbeit im Itzehoer Kunstverein. „Er gehörte zum Kreis junger Steinburger Künstler, die gefördert werden und für deren Werke ein-, zweimal im Jahr eine kleine Ausstellung veranstaltet wird. Bei den Kunstförderern galt er als begabt. Er malte ausdrucksstarke, eigenwillige Bilder. Er war wohl sehr von sich und seinen Werken überzeugt. Das machte ihn im Kunstverein und bei den anderen Malerkollegen nicht eben beliebt. Er war überheblich und eitel und brachte das auch zum Ausdruck." Über sein privates Leben oder wer ihm nach dem Leben trachten könnte, darüber weiß Margaretha nichts.

„Deine neue Agnes könnte dazu etwas sagen. Er war wohl oder ist noch in ihrer Malgruppe", sagt sie mit einem Augenzwinkern.

Die beiden Damen kennen sich aus dem Kunstverein. Noch im vergangenen Jahr hatten die Brixens sehr gehofft, dass sie Blum mit einer engen Freundin von Margaretha, mit dem gleichen Vornamen Agnes, zusammenbringen können. Doch daraus war nichts geworden. Ob die neue Agnes vor den Augen von Frau von Brixen bestehen konnte, war noch nicht entschieden.

Blum schweigt einige Zeit. Dann blickt er Margaretha fest in die Augen.

„Antworte mir bitte ehrlich. Machst Du Dir Sorgen, dass Dein halber Sohn Hinni tiefer verstrickt sein könnte?"

Schweigen.

„Nun ja, ich ..., ich glaube und hoffe es nicht." Sie streicht über den gewölbten Bauch.

„Und Du hast mir alles gesagt?"

Margaretha haucht „ja" und nickt.

„Du kannst Dich auf mich verlassen. Und Du hättest anrufen sollen. In Deinem Zustand wäre ich zu Euch gekommen."

„Vertraue meiner Erfahrung, was einer Schwangeren zumutbar ist und ihr guttut. Dieser Weg war für mich sehr wichtig. Und ich danke Dir jetzt schon herzlich, Johannes."

Zur Verabschiedung küsst sie Blum auf die rechte Wange.

Danach meldet sich stechend der verlorene Zahn wieder mit Macht. Und früher aus seinem Büro gehen muss er auch. Eigentlich sollte der Abend ganz Agnes gehören. Aber nun war etwas dazwischengekommen.

Blum hat ein merkwürdiges Gefühl. Er weiß so gut wie gar nichts über seinen möglichen neuen Fall.

Und das ist schlecht und ungewohnt. Im Allgemeinen kommen die Klienten mit einer Anklageschrift oder Anzeige, oder er liest im Untersuchungsgefängnis ihren Haftbefehl. Dann steht er auf sicherem Grund. Heute Abend verlangt er Antworten. Wie kann ein Anwalt sonst in einem Polizeiverhör agieren. Und was war Hinni eigentlich? Ein Zeuge oder gar der Verdächtige von Mord oder Totschlag?

Das Ungewisse ist nicht das Terrain, auf dem Johannes Blum gerne wandert.

6

Zehn Minuten dauert der Weg durch die sommerliche Stadt zu seinem alten Elternhaus, das Blum von ihnen geerbt hat. Neben dem kleinen Wohnhaus in der Straße Hinter der Sandkuhle gibt es als Nebengebäude die alte Tischlerei des Vaters.

Damit hatte alles angefangen.

Seit seiner Rückkehr aus den Berliner Studienjahren lebte Blum allein. Schmerzhaft war eine Verlobung geplatzt. Und auch danach fand er ein neues Glück nicht auf Dauer. Stetig angespornt und mit guten Ratschlägen von Freund Brixen versehen.

Das änderte sich, als er Agnes Nissen kennenlernte. Nicht auf einen Schlag, aber dann mit schnellen Schritten. Er lernte die junge Kunstlehrerin im Umkreis des Kunstvereins kennen. Er selbst ist kein Künstler, aber gerne ein Betrachter. Die Werkstatt stand über die Jahre leer, die Gerätschaften waren verkauft. Agnes suchte ein kleines Atelier für ihre eigene Arbeit und die Malkurse, die sie anderen gab. So kamen sich Raum und neue Nutzung, Anwalt und Lehrerin, ein Mittelholsteiner und eine Nordfriesin näher.

Eine Fischertochter aus Morsum auf der Insel Sylt. Bodenständig, aber auch modern, einzige Tochter mit drei älteren Brüdern. Ihr Weg führte sie von der rauen Insel über die Kunstakademie Kiel nach Itzehoe. Das friesisch-frisch Herbe an ihrem Wesen hatte ihm gleich gefallen. Die kurzen blonden Haare und blauen Augen später. Und ihr Lachen. Gelegentlich war er in die alte Werkstatt gekommen und hatte Tee mit ihr getrunken. Und sie mochte Kino, genau wie er.

Regelmäßig gingen sie in die Matineevorstellungen in den Adlerlichtspielen am Sonntagmorgen. Ältere Filme, die künstlerisch schön waren, aber kein großes Publikum hatten oder nach einiger Zeit noch einmal gezeigt wurden. Sie sahen die Verfilmung der „Drei-Groschen-Oper“, den „Blauen Engel“ sogar zweimal, „Im Westen nichts Neues“, obwohl Blum diesen Weltkriegsfilm nach Remarques Buch nicht mochte. Und mit großem Vergnügen Chaplins Stummfilme „Goldrausch“ und „Lichter der Großstadt“. Gerne mochten sie auch Spaziergänge entlang der Störschleife und im Breitenburger Wald.

Über seine Arbeit sprachen sie fast nie. Manchmal über ihre. Über seine Kriegserlebnisse nur einmal, aber lange und ernst. Über Politik selten, zuletzt als die NSDAP im Stadtrat die geringen städtischen Zuschüsse für das Künstlerhaus streichen wollte, weil dort auch „undeutsche Kunst" gezeigt wird.

Und sie war ganz anders als Agnes Barin, mit der er im letzten Jahr nicht so recht warmgeworden war. Die war älter und geschieden und wollte wieder in den sicheren Hafen der Ehe. Als Blum sich in einem Mordprozess exponiert hatte und gegen den Strom der öffentlichen Meinung geschwommen war, brach sie den Kontakt ab. Diese Agnes hätte zu ihm gestanden.

Den ersten Kuss tauschten sie auf dem Jahrmarkt. Das war schon viele Monate her. Und Akkordeon spielen konnte sie. *La Paloma*, Volkslieder und auch etwas Derberes auf Plattdeutsch.

Einmal erzählte Agnes von der auf Sylt spielenden Ballade des Dichters Liliencron, die Blum aus dem Schulunterricht kannte. Wie der dänische Landvogt aus Tondern von den Friesen höhere Steuern einfordert. In der Sylter Fischerhütte des Pidder Lüng kommt es zum Streit, weil der stolze Friese auf seine Freiheitsrechte pocht und jede Zahlung verweigert. Als der Landvogt ihm verärgert in den Grünkohl spuckt, taucht ihn der Fischer in den heißen Kohl und erstickt ihn. „So machen wir das noch heute", sagte sie lachend, „wenn uns einer dumm kommt."

Das war ein Glück geworden. Das wollte er festhalten. Und sie wohl auch. Jedenfalls mischte sie sich in sein Leben.

„Hier muss mal frische Luft rein und Sonnenschein", waren ihre Worte. Die Wände des Hauses bekamen neue Farbe. Alte Möbel der Eltern wurden verschönert. Eines ihrer ältesten Bilder, ein Fischerboot, fand Platz im Wohnzimmer. Seine Kleidung war ihr dagegen nicht so wichtig. Das Rauchen sollte er einschränken, im Atelier war es nicht gestattet. Durch Agnes lernte er neue Menschen kennen. Weniger Kollegen aus ihrer Schule, aber solche, die auch malten, zeichneten, bildhauerten oder töpferten. Noch im Sommer wollten sie ihre Familie in dem kleinen Inseldorf besuchen.

Und sie lehrte ihn, mit einigen Gewohnheiten zu brechen. Seine jahrelangen Schachpartien mit einem alten Schulfreund, immer Sonntagvormittag, waren den Filmbesuchen zum Opfer gefallen und auf Sonnabend nach der Arbeit verlegt worden. „Immer das Gleiche ist was für ganz alte Männer“, hatte Agnes gesagt, und Blum gab ihr gerne recht.

Das Glück wollte er festhalten. Bei der Goldschmiede Spliedt bestellte er zwei Ringe. Ein günstiger Zeitpunkt würde sich schon bald ergeben.

Blum schließt die Haustür auf und legt den Hut auf die Ablage. Im Bad legt er die Brille ab und wäscht sich das Gesicht. Durch die hintere Tür geht es über den kleinen Hof in die Werkstatt. Agnes trägt einen mit vielen Farbklecksen versehenen Kittel. Sie steht vor einer Staffelei, direkt vor dem einzigen Fenster des großen Raums. Es gibt eine Umarmung, einen langen und viele kleine Küsse.

Einen Tee wollen beide nicht. In der Werkstatt ist es warm, aber noch nicht so heiß wie im Hochsommer. Agnes hat ein großes Glas Wasser auf einem Tisch neben der Staffelei stehen.

Auf der Leinwand ist noch nicht viel zu sehen. Nur unten ist schon grüne Farbe aufgetragen. Blum darf bei unfertigen Bildern keine Fragen stellen.

„Heute Abend muss ich noch in die Villa der van de Los'. Um acht. Dort tagt ein Familienrat, und ich bin geladen. Etwas Berufliches."

„Ich werde danach noch hier sein. Wofür brauchen reiche Leute Dich?"

Blum erzählt von Margaretha von Brixens Besuch.

„Mein Gott. Von Hapas Tod habe ich gehört. Schrecklich. Aber die Umstände kannte ich nicht. Haben die Jungs etwas mit seinem Tod zu tun?"

„Mehr werde ich hoffentlich heute Abend und bestimmt morgen bei der Polizei erfahren. Kennst Du Hinrich van de Los?"

„Vielleicht vom Sehen. Bei meiner Malgruppe war er nicht. Warum sollte überhaupt jemand Hapa totschlagen?"

Blum zuckt mit der Schulter. „Erzähl mir von ihm."

Hans Passigk, der seine Bilder mit „Hapa" signierte und gern auch so genannt wurde, kannte Agnes, seit sie fast zeitgleich mit ihm nach Itzehoe gekommen war. Wenn auch an eine andere Schule. Man traf sich das erste Mal im Künstlerhaus zur Ausstellung von Anselm Rex, dem bekanntesten Itzehoer Maler. Dann schloss sich Passigk auch Agnes' Malgruppe an. Erst in den beengten Räumlichkeiten des Künstlerhauses, dann hier.

Er hatte ein autodidaktisches Talent. Und seine Bilder haben ihr gefallen. Sie waren ungewöhnlich. Und interessant. Nicht gegenständlich, eher modern-abstrakt. Er nannte sie „Gefühlsbilder“. In großem Format und die Farben geschickt eingesetzt, wollte er Gefühle wie Größe, Neid, Hoffnung, Kampf darstellen. Damit hat er schon Aufsehen erregt, worauf es ihm auch ankam. Das gefiel nicht allen. Aber den Streit darüber genoss Hapa. Er wollte in den Mittelpunkt.

Er war gerne ein intellektueller Streithammel. Arrogant, eitel, bissig-verletzend gegenüber anderen, die einfacher in der Technik waren und Natur- oder Tiermotive bevorzugten. Besonders gern verletzte er andere Männer. Das gelang ihm gut. Aus der Malgruppe schied er recht bald aus. Es würde ihm handwerklich nichts bringen oder bedeuten. Agnes respektierte er wegen ihrer Ausbildung. Die anderen Laienkünstler nicht. Niemand in der Malgruppe war über seinen Weggang traurig. Rex und anderen älteren Malern trat er herausfordernd gegenüber.

Er war bestrebt, Anerkennung zu finden, und scharte jüngere Leute um sich, wohl auch Schüler, Bewunderer.

„Nichts als Gutes über Tote. Aber war er ein Stinkstiefel, wie wir hier sagen?“

„Er war unangenehm. Nicht zu mir persönlich, aber ich war nicht gern in seiner Nähe. Und seine Arbeiten rechtfertigten sein Auftreten nur zum Teil. Aber er genoss es, so zu sein. Er musste im Mittelpunkt stehen. Im guten oder schlechten Sinn, Hauptsache überhaupt. Das war für mich seine Triebfeder. *Bel esprit* hat er sich mal mir gegenüber genannt. Schöngeist.“ Sie amüsiert sich bei der Erinnerung.

„Viel Feind, viel Ehr, gilt auch bei Künstlern?“

„Na ja“, Agnes hebt den Kopf und denkt längere Zeit nach. „Er hatte tatsächlich Bewunderer. Nicht nur Jungen. Immer gut gekleidet, nicht ohne Charme, wenn er wollte. Einige der ältern Damen aus dem Vorstand und dem Verein, die waren sehr angetan von ihm. Er war der Einzige, der Bilder verkaufen konnte auf den Ausstellungen. Und der Aufträge erhielt, bezahlt von den Ehemännern der Damen.“

Blum ist davon ausgegangen, dass nur in der Freizeit, zum Spaß gemalt wird. Aber Agnes sagt, mal 50, mal 100 Mark, das sei die Taxe für seine Bilder gewesen. Sie selbst hat nur einmal ein Landschaftsbild verkauft. An die Familie eines Lehrerkollegen.

„Barfuß in Schuhen, aber Gamaschen. Hat mein Opa immer gesagt. Über Leute, die mehr scheinen wollten, als sie sind.“ Agnes hat die Pinsel gesäubert und den Kittel ausgezogen. „Aber niemand wird doch wegen einem solchen Verhalten umgebracht. Nur weil er einigen Leuten auf die Füße tritt. War das überhaupt der Grund für seinen Tod?“

Blum kann die Frage nicht beantworten. Er erfährt, dass seit gestern beim Kunstverein rum ist, wer der Tote im Störhafen war. Man will wohl zu einer Gedenkveranstaltung einladen. Aus Pietät. Genaues weiß sie aber noch nicht. Viele haben ihn ja noch gesehen. Auf der Ausstellung und danach. Alle sind betroffen. Selbst die, denen er vor den Kopf gestoßen hat.

Sie sprechen dann über ihre eigenen Beobachtungen, in der Nacht im „Panoptikum". Beide erinnern sich an den Toten, möglicherweise gab es Streit, aber alle waren eigentlich ausgelassen und die meisten nicht mehr ganz nüchtern. Sie selbst waren schon nach einer knappen Stunde gegangen. Da waren noch alle in der Kneipe. Und lebendig. Agnes will sich bei den anderen umhören, ob sie etwas beobachtet haben.

Dann gehen beide in die Küche für ein kleines Abendbrot, wie fast jeden Abend. Agnes hat aber noch eine kleine Wohnung gemeinsam mit einer Kollegin. Sie zieht es danach an die Staffelei zurück, und für Blum wird es Zeit aufzubrechen. Eine knappe halbe Stunde Fußmarsch liegt vor ihm.

7

Das „Weiße Haus" nennt man in der Stadt das Anwesen der Familie van der Los im Breitenburger Weg. Oder auch den „Zuckerpalast".

Weißes Haus, weil die Villa kalkweiß gestrichen ist und auch die Rahmen der Fenster und Erker die Farbe haben. Das Dach des mehrgeschossigen Baues ist mit roten Ziegeln gedeckt.

Und Palast ist nur wenig eine Übertreibung. Das Haus selbst hat drei Geschosse und eine Flut von Zimmern, Bädern und Nutzräumen. Zwei Erker, zur

Straßenfront hin, wirken wie Türme einer Burg. Kaum einsehbar ist eine Dachterrasse. Der Wohnsalon nach hinten öffnet sich in einen großen Wintergarten und dann in eine breite Rasenfläche. Überhaupt der Garten. Sehr groß, mit einem üppigen Baumbestand, durchzogen von einer Auffahrt aus Kieselsteinen. Rhododendronbüsche, bunte Blumenbeete und ein kleiner Teich sind von der Straße zu sehen.

Diese Pracht ist auf Zucker gebaut. Altes Geld. Marinus van de Los erbte einen kleinen Mühlenbetrieb und machte daraus eine große Zuckerfabrik, die ein faktisches Monopol weit über die Provinz hinaus bis Hamburg und die Ostseeküste hielt. Nach dem frühen Tod des Vaters übernahm Marcus, recht jung noch, die Verantwortung, modernisierte und steuerte das Unternehmensschiff durch Krieg, Inflation und Krise.

Das Ansehen der Familie war groß. Ihr Reichtum sicherlich kleiner, als im Volk gedacht wurde. Doch neben den Zementbaronen der Familie Alsen gilt Marcus van de Los als der reichste Mann der Stadt. Der Zuckerkönig. Richtig von Adel waren in der Gegend nur die Grafen zu Rantzau auf Schloss Breitenburg. Doch die hatten wohl Ländereien, aber bestimmt nicht so viel Geld.

Am weißen Zuckerpalast waren die Geschäftspartner, Honoratioren oder Festgäste früher sicherlich mit Kutschen vorgefahren. Es gibt eine geschwungene Auffahrt zum Eingangsportal. Heute kann man mit einem Automobil knirschend über den Kieselweg vorfahren.

Blum aber kommt zu Fuß. Er besitzt kein Auto. Und er kommt zum ersten Mal. Die Villa hat er noch nie betreten. Den Hausherren kennt er, wenn auch nicht besonders gut. Der Kontakt bezog sich immer auf die Brixens. Natürlich bei deren Hochzeit, vereinzelt auch bei Festlichkeiten dort. An Begegnungen in der Stadt oder bei anderer Gelegenheit erinnert sich Blum nicht. Auch beruflich gab es keine Kontakte.

Es knirscht hörbar unter seinen Schuhtritten. Auf seiner Taschenuhr ist es kurz vor acht. Er betätigt die große Glocke am Eingangsportal. Mit einer leicht angedeuteten Verbeugung empfängt ihn ein Bediensteter, nimmt ihm den Hut ab und führt den Anwalt in den Salon.

Perserteppiche bedecken das Parkett. Ein großer Tisch ist aus Mahagoni. Auf einem kleinen Tisch steht eine Vase mit einem Vogelmotiv und vergoldetem Deckel.

Blums Blick bleibt an einem Bild an einer der Wände des ausladenden Raums hängen. Es ist eines der modernen halbabstrakten Werke. Blumen schweben auf den Betrachter zu. Links und im Hintergrund sind kahle Bäume mit rechtwinkligen Ästen. Und unten in diesem Motiv, sind das Kerzen? Rot und Grün dominieren in den Farben.

„Heinrich Campendonks Blumenbild von 1918. Über Hauswedell und Nolte in Hamburg gekauft auf Anraten meiner kunstverständigen Schwester. Gefällt es Ihnen, Herr Doktor Blum?“

„Guten Abend, Herr van de Los. Sehr bemerkenswert.“

„Vielen Dank für Ihr Erscheinen. Ich hätte Sie gern unter angenehmeren Umständen das erste Mal willkommen geheißen. Aber dafür ist sicherlich erneut Gelegenheit.“

Marcus, der Hausherr, trägt noch seinen Kontoranzug. Er ist wohl gut zehn Jahre älter als Blum. Seine blonden Haare sind ausgedünnt. Der Zuckerkönig lächelt freundlich, doch seine Augen blitzen nicht und haben Ränder.

Beide gehen auf die Veranda des Hauses. Ein kleiner Imbiss ist angerichtet. Kalte und heiße Getränke. Ein Hausmädchen knickst und steht zum Servieren bereit. Von vier Stühlen sind zwei bereits besetzt. Blum begrüßt Margaretha. Und dann den Jungen.

Hinrich van de Los erhebt sich vom Stuhl. Er reicht die Hand. Ein fester Druck. Das Haar ist blond wie bei Vater und Tante und ohne Scheitel. Er ist kaum größer als Blum und mustert diesen sichtbar und abschätzend. Wache Augen, ein jungenhaftes Gesicht.

Alle sitzen und sind mit Getränken versorgt. Marcus berichtet von der Ladung des Sohns zur Polizei am morgigen Tag. Blum erbittet und erhält das amtliche Schreiben. Er möchte aus dem Schriftstück ablesen, ob der Junge als Zeuge oder als Beschuldigter geladen ist. Doch dort steht nur allgemein „Vorladung“.

Der Hausherr macht keinen Hehl daraus, dass er die Einschaltung eines Anwalts für übertrieben, vielleicht kontraproduktiv hält. „Mit allem Respekt, das gilt wahrlich nicht Ihrer Person, Herr Doktor Blum." Man solle doch nicht dramatisieren. Eine vorherige Beratung durch einen Juristen sei aber sicherlich sinnvoll.

„Marcus, sei nicht naiv." Das ist Margaretha. „Hinni ist dicht dran an einem Verbrechen. Er lag neben einem wohl Totgeschlagenen. Da braucht er Schutz und Hilfe. Dein Sohn soll unbefleckt und ohne einen Hauch von Schuld aus der Sache rauskommen. Dass willst Du doch wohl auch."

„Das wollen wir alle. Dafür sitzen wir hier. Für Deine Initiative bin ich, sind wir Dir dankbar, Greta."

Greta, bemerkt Blum, so hieß sie also als Kind.

„Deshalb haben wir Sachverstand in dieser ungewöhnlichen Lage hier. Ob Dr. Blum morgen zur Vernehmung mitkommen muss, werden wir sehen."

„John Butenschön geht mit Rechtsanwalt Kilb, einem Genossen seines Vaters." Zum ersten Mal hat Hinni van de Los gesprochen.

Blum trifft seine Klienten meist im Büro, öfter auch im Gefängnis. Sehr selten an anderen Orten. Und noch nie in einem Zuckerpalast. Jetzt ist es Zeit, die Sache auf die Füße zu stellen und in vertraute Bahnen zu bringen.

„Sicherlich ist es der Sache förderlich, den morgigen Tag unter dem Gesichtspunkt zu sehen, was die Polizei will und von Ihnen", er nickt zu Hinni, „verlangt werden kann. Als Zeuge hat man nicht nur eine Wahrheitspflicht, man muss sich auch ernsthaft bemühen, umfassend Angaben zu machen. Vielleicht sollten wir das einfach mal durchspielen. Das mache ich in vergleichbaren Fällen oft. Ich spiele dabei den Polizisten."

Blum blickt in die Runde. Kein Widerspruch.

„Ich erinnere von der schrecklichen Nacht eigentlich kaum was, fast nichts", sagt der Junge.

„Nur die Ruhe. Wir beginnen mit der Frage, woher kannten Sie Herrn Passigk. Wie standen Sie zu ihm?"

Leise-langsam, aber sorgsam formuliert, kommt eine Antwort. „Hapa", der Junge benutzt das Künstlerinitial, war der Geschichtslehrer seit der Unterprima gewesen. Sein Unterricht war interessant, jüngere deutsche Geschichte seit den antinapoleonischen Befreiungskriegen. In der Oberprima machte die Klasse mit dem Lehrer eine Exkursion nach Nordschleswig, zum Erinnerungsort auf den Düppeler Schanzen bei Sonderborg. Während der zweitägigen Reise gab es viel Zeit für Gespräche.

Literatur und Kunst ergaben ein verbindendes Glied zwischen Schüler und Lehrer. Der Schüler hatte größere Kenntnisse in der Kunstgeschichte, denn die will er ab Herbst studieren. Der Lehrer aber malt selbst, stellt aus, streitet gern über seinen Stil und andere Werke. Man traf sich nach der Schule, in der Lehrerwohnung, in Schulräumen oder auch mal in einem Lokal. Nicht alle Primaner natürlich, aber die an Kunst interessierten. So war es nur natürlich, am vergangenen Wochenende auch zu der Eröffnung der Ausstellung von Künstlern aus der Gegend zu kommen. Hapa musste dazu nicht extra einladen.

Hinni macht eine Pause und trinkt aus seinem Glas.

„Mehr erinnere ich nicht. Wir haben Wein getrunken, im Künstlerhaus. Es war warm und eine gute Stimmung. John war auch da und hat sich ziemlich an mich rangehängt. Er hatte mit Hapa ja eigentlich kaum zu tun. Dann ging er mit ins ‚Panoptikum'. Dort tranken wir auch. Selbstgebrannten, Absinth. Eigentlich alle. Es wurde noch fröhlicher. Ab dann ... ich versuche es ja, mich zu erinnern. Aber da ist nichts mehr."

„Was ist Ihre letzte Erinnerung, Hinrich. Das wird die Polizei sehr interessieren?"

Die Pause ist lang.

„Ich glaube, ich sehe noch, wie Hapa und John reden und trinken. Wir haben eine Flasche mit in den Hafen genommen und uns dort hingesetzt. Nur wir drei."

„Warum nur Sie drei?", fragt Blum.

„Hat sich so ergeben. Einige waren ja wohl auch schon gegangen. Einige von der Ausstellung blieben aber weiter in der Kneipe. Wir gingen raus."

„Und Sie haben keine Erinnerung an ein Geräusch, einen Schrei, einen Kampf oder Stimmen. Das Schlagen auf einen Körper?" Blum fragt, alle drei Erwachsenen am Tisch sehen den Jungen an.

Der schüttelt heftig den Kopf und senkt ihn. Als er ihn wieder hebt, sind Tränen in die Augen gestiegen. Margaretha legt ihre Hand auf den Arm ihres Neffen.

„Tranken Sie viel an diesem Abend?"

Hinni nickt, den Kopf wieder gesenkt.

„Ab wann gibt es wieder eine Erinnerung?“ Blum trinkt jetzt auch. Und als Marcus raucht, steckt er sich ebenfalls eine Sanoussi an.

„Polizisten weckten mich. Mir war sehr schlecht. In der Wache habe ich … Dann kam Vater.“

„Wurden Sie an dem Tag schon befragt durch die Polizei?“

Der Junge schüttelt den Kopf.

„An Ihrer Kleidung oder an Ihrem Körper, gab es da Auffälligkeiten?“

Drei Augenpaare sehen Blum fragend an.

„Gab es Blut an der Kleidung. Hatten Sie Verletzungen?“

„Wir mussten die Oberbekleidung in der Wache lassen. Und Verletzungen hatte ich nicht. Glauben Sie etwa …?“

„Jetzt denke ich, wie ein Polizist denken würde. Das zu klären, ist für morgen wichtig.“

Hinni nickt.

„Haben Sie einen Verdacht, wer Herrn Passigk das angetan haben könnte. Sprach er mal über Bedrohungen. Beunruhigte ihn irgendwas?“

Der Junge hat wieder Tränen und schüttelt den Kopf.

Blum wendet sich an den Vater. „Eine Zeugenvernehmung ist natürlich zwingend und nicht sehr angenehm, doch nach einiger Zeit vorbei. Die Anwesenheit eines Anwalts ist gesetzlich ungeregelt, aber sicherlich möglich. Kommissar Mock ist mir aus anderen Fällen bekannt. Die Entscheidung liegt bei Ihnen."

„Ich plädiere sehr dafür", sagt Margaretha. Und ihr Bruder sagt schnell, „Ja, ja, natürlich. So sehe ich es jetzt auch. Das war sehr hilfreich. Es wäre meinem Sohn und mir eine Hilfe."

Hinrich van de Los verabschiedet sich und geht. Im Dreierkreis wird noch ein wenig geplaudert. Nach einiger Zeit schellt es an der Tür. Herr von Brixen wird gemeldet. „Peter holt mich ab. Wir bringen Dich vor die Haustür."

Blum verabschiedet sich bis morgen. Warum war Brixen nicht die ganze Zeit dabei, fragt er sich. Gehört er nicht zur Familie? Im Salon lässt er noch mal den Blick über das merkwürdige Blumenbild und die kostbare Einrichtung schweifen. Alles ist lichtdurchflutet. Die Möbel sind alt und sicherlich kostbar.

Bruder und Schwester stehen noch auf der Veranda. Blum wird Ohrenzeuge. „Dein Geld schützt nicht vor Seelenqualen. Rede mit Hinni, wenn er Dir zuhört."

„Überstunden in nobelster Umgebung", fragt Brixen beim Hereinkommen.

„Ich bin ein gefragter Mann. Und ein gesuchter Advokat. Alle wissen es, außer Dir."

Mit einigen Mühen steigt Margaretha hinten in das Auto. Brixen fährt in wenigen Minuten vom Breitenburger Weg, entlang an anderen kleineren Villen des besten Viertels der Stadt, zu Blums eigenem Haus. In der Werkstatt ist noch Licht.

Margaretha wünscht viel Erfolg morgen und bittet um Nachricht, wie es gelaufen ist. Die Freunde können nicht zusammen zu Mittag essen, die Vernehmung fällt in ihre übliche Zeit.

Als der Wagen abfährt, vermutet Blum, dass einige doch mehr wissen, als sie bislang erzählt haben.

Und wo war eigentlich die Mutter des Jungen?

8

Ein überraschend großer Kreis trifft sich in den Amtsräumen der Kriminalpolizei. Neun Personen sitzen in einem schäbigen Dienstzimmer um einen Tisch und haben nur sehr wenig Platz. Zwei Väter und zwei Söhne, zwei Anwälte, zwei Kriminalbeamte und ein Staatsanwalt.

Staatsanwalt Rohwedder führt das Wort. Seine Teilnahme ist wohl den Vätern geschuldet, denkt Blum. Mock und Braun sind doch seine Ermittler und werden routinemäßig die Jungen getrennt vernehmen.

Der junge Staatsanwalt begrüßt alle Erschienenen. Ein Verbrechen sei geschehen, dessen Aufklärung zügig erfolgen muss. Dazu kann heute ein wesentlicher Schritt getan werden. Er werde zunächst die Umstände rekapitulieren, dann soll mit beiden Jungen getrennt ein Protokoll erstellt werden. Die polizeiliche Arbeit verdient Unterstützung. Natürlich würde auf die Minderjährigkeit der jungen Herren Rücksicht genommen werden. Ihre sonstige Reife haben sie aber durch den erfolgreichen Abschluss der Reifeprüfung schon unter Beweis gestellt.

Es geht, führt Rohwedder unter Blättern in einer Akte aus, um die letzten Stunden des Opfers. Eines jungen Lehrers an einer angesehenen Lehranstalt. Bekannt sei, dass er am frühen Abend des 25. Juni an der Kunstausstellung hier am Orte teilnahm. Dann ging eine größere Personengruppe in das Lokal „Panoptikum" im Störhafen. Über diese Personen werden weitere Aufschlüsse erwartet. Sie sind auch zu vernehmen.

Zu unbekannter Uhrzeit in der Nacht begab sich Herr Passigk, nun wohl nur noch in Begleitung der jungen Herren Butenschön und van de Los, in den Bereich des Hafens hinein. Dort wurde der Lehrer Sonntagvormittag tot aufgefunden, die besagten Herren stark betrunken direkt neben der Leiche. Da ohne Zweifel von einem Verbrechen auszugehen ist, sind die Stunden zwischen dem Verlassen der Gaststätte und alle Wahrnehmungen in dieser Zeit von größter Bedeutung.

Als wenn das nicht alle am Tisch schon wissen, denkt Blum. Schweigt aber natürlich mit ernstem Gesichtsausdruck.

Rohwedder ist noch nicht fertig. Auch Bedeutendes und natürlich auch als unbedeutend Angesehenes zur Person des Opfers, zu seinem Umgang und zu Äußerungen sind für die Polizei von großer Bedeutung.

Kriminalwachtmeister Braun schaut beflissen, Kommissar Mock gelangweilt. Die jungen Männer blicken auf den Tisch. Ihre Väter blicken den Staatsanwalt an. Jonny Butenschön kampfeslustig. Marcus van de Los reserviert. Die Anwälte abwartend.

„Darf ich vor den Einzelvernehmungen noch um das Wort bitten." So höflich ist Mock selten.

„Kommissar Mock leitet die Ermittlungen", sagt Rohwedder überflüssigerweise.

„Uns interessieren natürlich auch die Verhältnisse der jungen Herren zu dem Toten, der wohl auch ihr Lehrer war. Bei den bisherigen Ermittlungen sind wir auf Schriftstücke, wohl kleine Briefe gestoßen, die eine Rolle spielen könnten. Wir möchten da klarsehen und uns einen Eindruck verschaffen."

Was hat Mock vor, denkt Blum. Rohwedder hat sich doch vor den Honoratiorenvätern ausgiebig aufgeplustert. Nun kann man die Tischrunde aufheben und ein Protokoll erstellen.

Mock ist gerissen und erfahren. Was will er?

„Bei den Sachen des Toten fanden wir, vorerst mag das ausreichen, zwei handschriftliche Briefchen, Gedichte wohl. Helfen sie mir, diese zu verstehen."

Er hat schon eine Brille aufgesetzt und beginnt, holprig vorzulesen.

Alles geben die Götter, die unendlichen
Ihren Lieblingen ganz, alle Freuden, die unendlichen,
Alle Schmerzen die unendlichen, ganz.

„JWG, 1777, steht darunter. Und dann Hinrich." Er blickt auf Hinni van de Los.

Dann fährt er rasch fort.

Der will auf den Busch klopfen, denkt Blum.

„Das zweite Werk hat eine andere Handschrift. Darüber steht „Für H."

Schönes Kind von achtzehn Jahren,
Ein Weilchen sind wir zusammen gefahren
Durch diese verdammt langweilige Welt;
Und schon sind uns die Rosen vergällt?
Schon lauern Gähnen und lästiger Trug;
Um Himmels Willen, genug, genug.

„Sind Sie dieser Hinrich, Herr van de Los?", fragt der Chef der Itzehoer Kriminalpolizei nun und legt die Brille wieder ab.

Das also wollte Mock in dieser Runde. Provozieren. Nicht mit Blum.

„Der Herr Staatsanwalt hatte uns ausführlich den Grund der Vernehmung dargelegt, sie sollte mit beiden Zeugen nun auch getrennt, wie avisiert, stattfinden. Wir stehen zur Verfügung."

Der junge Butenschön flüstert mit Rechtsanwalt Kilb, dieser nickt zweimal zustimmend.

„Über diese Gedichte weiß ich nichts, aber Hinni hatte Streit mit ihm, also unserem Lehrer, Herrn Passigk. An dem Abend im ‚Panoptikum' und draußen auch." Dann schweigt er wie alle am Tisch.

Hinrich ruft sofort: „Du weißt gar nichts, was weißt Du denn schon."

Marcus van de Los schweigt. Vater Butenschön lächelt leicht. Mock fixiert Hinni. Staatsanwalt Rohwedder spricht.

„Dr. Blum hat sicherlich recht. Ich würde unsere Beamten bitten, jetzt die Vernehmungen separat durchzuführen. Dafür sind wir zusammengekommen, bei unseren vielfältigen sonstigen Verpflichtungen."

Er steht auf und gibt damit das Signal für die Beendigung dieser Sitzung. Man trennt sich in zwei Gruppen. Die Anwälte bleiben noch kurz im Raum.

„Bleibt es bei der Möglichkeit eines kurzen anschließenden Gesprächs?", fragt Kilb den Staatsanwalt.

„Natürlich haben Sie beide dazu die Gelegenheit, unter uns."

Blum geht mit den schweigsamen Herren van de Los und Mock in dessen Dienstzimmer. Eine Sekretärin wird zum Tippen gerufen. Mock nimmt die Personalien des Zeugen auf und die der anwesenden Personen.

Auf die Gedichte kommt er zunächst nicht. Er lässt sich die Beziehung zum Toten erläutern und die Erinnerung an die letzten Stunden. Hinni antwortet wie gestern Abend bei sich zu Hause.

„Und die Gedichte, stammen sie von Ihnen?"

Blum ist von diesen Dingen überrascht und müsste jetzt eine kleine Beratungspause erbitten. Doch der Junge antwortet schon.

„Das Goethe-Gedicht hat nichts mit der Sache zu tun. Das ist Literatur."

„Und der Streit, von dem der andere junge Herr sprach?"

„Es gab keinen Streit. John Butenschön will sich nur wichtig machen."

Der Kommissar lächelt.

„Nehmen wir das als ihre erste Aussage so auf."

Die Sekretärin tippt.

„Zwei Dinge noch, Kleinigkeiten", sagt Mock dann.

„Woher hatten sie die Verletzung an der rechten Hand eigentlich?"

„Am Sonnabendvormittag stürzte ich beim Tennisspielen, nichts Schlimmes."

Die Gedichte haben Blum schon verwirrt. Jetzt eine Handverletzung, von der noch nie die Rede war. Da ist gestern einiges ungesagt geblieben. Mock hat einen Plan und er nicht.

„Wir kommen zum Ende. Geben Sie bitte noch Namen und, falls bekannt, die Anschrift aller Leute an, die bei der Kunstausstellung und in der Kneipe dabei waren."

Hinrich van de Los erinnert nur einige wenige Personen.

Das Protokoll ist fertig und wird von Vater und Sohn unterschrieben.

Bei der Verabschiedung verbeugt sich Mock sehr übertrieben.

Auf dem Flur bricht der Zuckerkönig erstmals sein Schweigen. „Was ist Ihre Meinung?", fragt er Blum.

„Nun, im Wesentlichen lief es ja so ab wie gestern besprochen. Ein Zusammentreffen mit der Polizei ist nie besonders erfreulich. Natürlich gibt es immer unerwartete Fragen, wie nach einer Verletzung. Die Beamten haben auch ihre Dienstpflichten, und Kommissar Mock ist ein sehr umsichtiger Beamter."

„Und damit ist alles erledigt?“, fragt der Vater.

„Für das erste mit Sicherheit. Man wird ja behördlicherseits nun auch diverse weitere Zeugen vorladen. Ich habe gleich auch die Gelegenheit, mit dem Staatsanwalt eine Besprechung zu führen. Gibt es etwas Wichtiges, informiere ich sie beide unverzüglich.“

Die Herren van de Los verlassen mit dem Anwalt die Polizeiwache. Man verabschiedet sich. Der Vater dankt Blum.

Dieser hat jetzt einen kleinen Fußweg zum Gerichtsgebäude, in dem sich auch die Diensträume der Staatsanwaltschaft befinden. Der Junge verschweigt etwas, denkt Blum. So ist der noch nicht aus dem Schneider. Mock tut, als hätte er Witterung aufgenommen. Da ist viel unklar. Aber was sollte sein Klient mit dem Tod zu tun haben? Marcus van de Los war in der letzten Stunde wie ein Vater, nicht wie ein reicher Mann. Still und von der Situation überfordert. Die beiden werden sich viel zu erzählen haben. Offenbar wissen sie wenig voneinander.

Bei Staatsanwalt Rohwedder ist er der Letzte. Kollege Richard Kilb pafft schon eine Zigarre. Man kennt und respektiert sich, gelegentlich wird auch zusammen verteidigt, zuletzt fünf Männer vom Reichsbanner, die in eine Schlägerei mit Hitlerleuten verstrickt waren. Kilb ist wohl 25 Jahre älter und viel angesehener als Blum. Schon in der Kaiserzeit eröffnete er seine Kanzlei. Seitdem ist er auch Sozialdemokrat und seit Jahren Ratsherr. Wenn er der König der Strafverteidiger in der Stadt und im Umland ist, dann ist Blum vielleicht der Kronprinz. Natürlich bleibt auch die Konkurrenz nicht aus. Zur Zeit rivalisieren beide um das Mandat im kommenden „Mündelmord-Prozess“.

Rohwedder ist erst seit einem halben Jahr in der Itzehoer Anklagebehörde. Er wurde aus Kiel hierher versetzt, soll wohl Landluft schnuppern und könnte nach einiger Zeit die Leitung der Staatsanwaltschaft übernehmen. Anfang vierzig, bemüht, aber mit Stadt und Leuten noch nicht besonders vertraut. Der letzte Oberstaatsanwalt ist in Pension gegangen.

Den „kleinen Dienstweg“, das vertrauliche Gespräch zwischen Juristen, die eigentlich entgegengesetzte Interessen vertreten sollen, kennen alle. Deshalb sitzen die drei in diesem Dienstzimmer.

Kilb beginnt. „Ich wüsste nicht, was Butenschön junior noch zur Sache beitragen kann. Er ist natürlich allzeit bereit. Aber die Knaben hatten wohl anständig gebechert, dieses höllische Franzosenzeug.“

„Das gilt für uns auch“, ergänzt Blum. „War das Ganze nicht ein wenig viel Aufwand für eine Zeugenbefragung. Und die Herren sind vor dem Gesetz zwar minderjährig, aber doch keine Kinder mehr.“

„Zeugen oder mehr, meine Herren. Da ist die letzte Messe noch nicht gesungen.“ Rohwedder trommelt auf seinen Schreibtisch. „Unmittelbar neben dem Opfer einer Tötungshandlung liegen und nichts gehört, nichts gesehen, nichts gewusst. Sie kennen Herrn Mock besser als ich, damit wird er sich nicht zufriedengeben. Zu Recht, meine Herren.“

Blum und Kilb haben etliche Fragen und bekommen sie „unter uns Kollegen“ auch von Rohwedder beantwortet. Gelegentlich nimmt er dazu die vor ihm liegende Akte zur Hilfe.

Der Lehrer hat einen tödlichen Schädelbasisbruch erlitten. „Er wurde nicht erschlagen, wie zu lesen", rufen die Anwälte fast gleichzeitig. Nein, der Tote stürzte und schlug auf einen hart-festen Untergrund auf. Das könne, müsse aber natürlich nicht zum Tod führen, hatte der Gerichtsmediziner erläutert. Der Todeszeitpunkt liegt schon am ganz frühen Sonntag, zwischen Mitternacht und 1 Uhr 30.

Wäre es nicht naheliegend, von einem Sturz auszugehen, der Lehrer hatte doch wohl auch Alkohol getrunken. Der Staatsanwalt schüttelt den Kopf. Bei der Leichenschau ist auch eine Nasenbeinfraktur festgestellt worden. Das beruht nicht auf dem tödlichen Sturz, sondern wurde von jemandem anderen verursacht. Es gibt also einen oder mehrere Täter.

Ob es weitere Verletzungen gibt? In der Tat, aber sie stehen nicht mit dem Verbrechen in Zusammenhang. Sie sind einige Zeit, wohl eine Woche, früher entstanden. Es sind Striemen auf Rücken und – der Staatsanwalt schmunzelt – dem Gesäß des Toten. Lange, schmale Hautverletzungen wie von Hieben mit einer Peitsche.

Dann wird die Frage eines Raubmordes aufgeworfen. Rohwedder sagt, bei der Leiche waren Bargeld, eine Taschenuhr, ein Siegelring und ein Ausweis. Für Raub als Motiv spricht das nicht. Dass die Schuhe fehlen, sagt er nicht.

Und Verdächtige der Tat? Die Polizei stehe noch am Anfang. Es kommen jetzt die Vorladungen dieses ganzen Kreises von Künstlern. „Es sei denn, Ihre jungen Klienten wollen gestehen“, sagt Rohwedder und lächelt als Einziger über seinen Scherz.

Der Störhafen sei generell und besonders in einer sommerlichen Wochenendnacht vielbesucht, wirft Blum noch ein. „Uns ist bekannt, dass das Milieu dort gewisse Leute anzieht und auch wirklich zwielichtiges Volk, die Gegend steht unter besonderer Observation.“

Beim Aufbrechen und schon im Stehen hat der Staatsanwalt noch etwas. „Ergänzende Aussagen der von Ihnen Vertretenen sind natürlich immer möglich und erwünscht. Darüber hinaus noch eine Bitte, durchsetzbar ist es ja nicht. Es würde die polizeilichen Ermittlungen unterstützen, wenn die beiden jungen Herren eine Blutprobe abgeben würden. Nur zur Feststellung ihrer Blutgruppe. Lassen Sie mich das Ergebnis der Beratung wissen, oder sprechen Sie direkt mit Herrn Mock.“

Eine Blutprobe wofür? Von Blut anderer Personen war bisher nicht die Rede. Doch diese Frage will Rohwedder nicht beantworten.

Blum und Kilb verabschieden sich noch im benachbarten Gerichtsgebäude, in das man durch eine Tür von der Staatsanwaltschaft gelangt. Nach dem Verhältnis der beiden Jungen zueinander will Blum den Kollegen nicht fragen. Das will er von seinem Klienten hören.

Auf dem kurzen Weg in sein Büro grüßt er auf der Straße Amtsgerichtsrat Haage, mit dem er oft zu tun hat. Der Richter fährt Fahrrad.

Schwärmerische Gedichte, unerwartete Blutspuren und ein Toter, über den er noch kaum ein gutes Wort gehört hat. Ein Lehrer, dem die Nase brach und dann der Hals. Das ist verwirrend, aber gerade drum interessant für Blum. Aber hat er einen richtigen Fall? Sein Klient ist doch nur Zeuge. Jedenfalls im Augenblick.

Im Arbeitszimmer erwartet ihn eine freudige Überraschung, die ihm jede Woche, aber an unterschiedlichen Tagen zuteil wird. Bienenstich – sein Lieblingskuchen. Frau Hansen bringt eine Tasse Kaffee dazu und die erste Unterschriftenmappe. Ihre Hochzeitsvorbereitungen stehen gut, Blum und Agnes werden eins ihrer bunten Blumenbilder schenken.

Es dauert, bis Margaretha von Brixen an das Telefon kommt. Ein härterer Schwangerschaftstag. Blum gibt ihr den versprochenen Überblick über die gerade abgeschlossene Vernehmung, nicht aber über das Gespräch mit Rohwedder.

„Danke, Johannes, es war schon der zweite Bericht. Hinni rief auch gleich an. Ist jetzt noch etwas zu befürchten?"

War etwas zu befürchten?, fragt sich Blum. „Natürlich kann es immer Nachfragen und neue Vorladungen geben. Einiges, möglicherweise von Wichtigkeit, ist mir unklar und sicherlich auch der Polizei. Wie stand Hinni zu dem Toten, es wurden ausgetauschte Gedichte bei dem Lehrer gefunden. Man sollte mit offenen Karten spielen. Sonst wird Kommissar Mock tief graben, er hat heute schon damit begonnen."

„Ich gebe Dir recht, lieber Johannes. Tu bitte, was Du kannst, damit die Sache ein Ende findet. Tu es auch für mich. Ich bin mir sicher, dass Hinni mit dem Tod nichts zu tun hat. Er leidet aber daran sehr."

„Wie soll jemand etwas für ihn tun und ihn schützen, ohne zu wissen wovor. Darum geht es doch. Und gestern Abend wären Ort und Zeit gewesen, darüber zu sprechen. Von den Gedichten und einer Handverletzung und einem angeblichen Streit mit dem Toten habe ich aber nichts gewusst."

„Ich gebe Dir noch mal recht."

„Ansonsten ist im Augenblick wenig zu tun. Hilfreich wäre es, noch mehr Namen weiterer Zeugen zu finden. Außerdem wünscht die Polizei eine freiwillige Blutprobe wegen der Blutgruppe. Es ist wohl Blut am Tatort gefunden worden, vielleicht nicht vom Toten. Dazu würde ich raten. Die Entscheidung trifft natürlich Dein Bruder mit seinem Sohn."

„Hilf ihm, dann hilfst Du auch mir. Sie sollen Deinem Rat folgen", antwortet Margaretha. „Und könntest Du morgen nach Büroschluss kurz zu uns kommen. Ich werde gleich noch ein Gespräch haben, auch über diese fürchterliche Sache, noch jemand, dem dieser selbstbezogene Lehrer nur Unglück gebracht hat. Kannst Du kommen?"

Blum verspricht es. Welches Unglück? Es wird Zeit, die vollständige Wahrheit zu hören.

Und ein Besuch an der alten Penne kann morgen auch nicht schaden. Er kann das Angenehme mit dem Nützlichen verbinden.

9

Nach all den Jahren noch mal wieder ein Schulweg. Damals mit Pennälermütze und Schulbrot. Heute mit Sommerhut und einer gerade entzündeten Sanoussi. Blum war eigentlich gerne zur Schule gegangen. 1908 wurde er Sextaner an der KKS. Ein besonderer Tag. Die Eltern hatten kein Gymnasium besuchen können und waren stolz auf ihn. Viele Jahre, viele Gesichter, viele Geschichten.

„Ente" von Brixen wurde sein engster Schulfreund, aber auch andere blieben in der Stadt oder kamen nach ihrer Ausbildung zurück. „Pille" Feldhusen etwa, sein Schachpartner, heute Vize-Vorsteher des Finanzamtes.

Erst lernten sie gutes Deutsch und Bruchrechnung, später die Mendelschen Regeln, Goethegedichte und Geschichte mit vielen Kriegen: „Drei, drei, drei bei Issus Keilerei" und die Hermannschlacht im Teutoburger Wald. Wandertage und Zeugnisbangen, Strammstehen bei den alljährlichen Sedanfeiern am 2. September, dem Tag des historischen Sieges über Frankreich 1871.

Die Lehrergesichter verblassten. Nur die Guten und die wirklich Bösen blieben im Gedächtnis. Kunstlehrer Perschke würde er gleich besuchen. Lateinlehrer Olm, genannt „Der Molch", wollte er nie wiedersehen. Zum Abfragen der zu lernenden Vokabeln ließ er immer alle Jungen aufstehen. Nach zwei, drei richtigen Antworten durfte der Schüler sich hinsetzen. Brixen immer als einer der ersten. Wer aber lange stand, der wurde nervös und dessen Kopf wurde leer. Eine entsetzliche Tortur. Nach über 20 Jahren erinnert er, wie der unglückselige Mitschüler Ulrich Lück einmal neben ihm stand und weinte. Verhöhnt vom „Molch“, einem kinderlosen Sadisten.

Blum nimmt die Abkürzung über den Sedanplatz, auf dem heute Wochenmarkt ist. Dort steht seit Jahren das Kriegerdenkmal. „Den vielen Söhnen unserer Stadt, die im Weltkriege für unsere deutsche Heimat in treuer soldatischer Pflichterfüllung ihr Leben gelassen haben.“ So lautet die Inschrift. Auch er meldete sich 1916 freiwillig an die Front und musste Geschichte erleiden. Nie würde Blum dem Kriegerverein beitreten, der viele Mitglieder hat. Nie würde er die Bücher von Jünger oder Zöberlein lesen mit ihrer Kriegsverklärung. Gerade erschienen war Dwingers „Wir rufen Deutschland“. So viel hatte er gelernt.

Einige Schüler kommen ihm auf dem Schulhof entgegen. Für andere müsste die sechste Stunde begonnen haben. Lehrer trifft er nicht beim Weg durch den Eingang, am Lehrerzimmer vorbei, dann die ganze Treppe hinauf in den Zeichensaal unter dem Dach.

Das Reich von Friedrich Perschke. Seit Jahrzehnten der Kunstlehrer der Schule. Bemüht, die Jungen mit Farbe, eigener Gestaltungskraft und einem Sinn für Schönheit vertraut zu machen. Ein schwieriges Geschäft. Mit den Interessiertesten besuchte er Ausstellungen in Kiel oder Hamburg. Blum war nur geschickt beim Basteln oder beim Bau von Flugdrachen gewesen, schon an den einfachen Tuschzeichnungen scheiterte er.

Man kennt sich aber seit langer Zeit. Denn der Lehrer wohnt in derselben Straße wie die Blums. Auch heute noch. Und sein Sohn Richard ging in dieselbe Klasse wie der Sohn des Tischlermeisters. Kindergeburtstage kamen ihm in Erinnerung. Richard war aus dem Krieg nicht heimgekehrt. Jahre später merkte Blum sich den Satz von dessen Vater: „Wenn die Fahnen flattern und ein Marsch gespielt wird, rutscht der Verstand in die Trompete."

Gelegentlich sehen sich die beiden in der Nachbarschaft oder in den letzten Jahren auch im Kunstverein. Heute ist der Anwalt angemeldet und willkommen.

„Der Johannes Blum", sagt der Lehrer, „mit Anzug, Krawatte und einem Schnurrbart, ist er bestimmt in meinem Kunsttempel noch nie gewesen."

„Nein, und die Muse wird ihn auch heute nicht küssen."

„Dafür vielleicht eine Kunstlehrerin, man hört so allerlei."

In dieser kleinen Stadt geht vieles schnell rum, denkt Blum.

Dann erzählt er den Grund seines Besuches. Er möchte etwas über den toten Lehrer erfahren und über zwei Schüler, von denen er einen vertritt und die zur Polizei vorgeladen waren.

Perschke stutzt, von den Schülern weiß er nichts. Blum nennt die Namen und sagt, um was es geht.

„Hinrich van de Los. Den kenne ich natürlich. An Kunst interessiert war er, aber seine eigene Begabung lag nur leicht über dem Durchschnitt. Ich glaube, er zeichnete gerne und traute sich an Farbe nicht so heran. Aber die bedeutenden Barockmaler Italiens kannte er, nebst ihren Hauptwerken. Ist aber schon eine Weile her. Die Primaner haben keinen Kunstunterricht mehr. – Na, und der soll was mit dem Tod zu tun haben?“

„ Nein, er ist nur ein Zeuge, wie andere auch.“ Der Anwalt hat sich gesetzt. „Und Ihr junger Kollege Passigk?“

„Den kenne ich nur aus dem Lehrerzimmer. Wir hatten nicht viel miteinander zu tun. Er unterrichtete Geschichte und wohl auch Deutsch. Manchmal war er beflissen, dann in seinen Äußerungen aber auch wieder hochmütig und, wie sagt man, … elitär. Er kannte viele Zitate großer Männer. Zu passenden und öfter auch unpassenden Gelegenheiten.“

„Und seine Malerei?“

„Ach, ich habe seine Bilder ja gesehen. Die kurz vor seinem Tod entstandenen und auch ältere. Eigenwillig, sicherlich über dem Niveau anderer, die einfach gerne zeichnen oder malen, aber nicht davon leben wollen. Aber doch auf rein vordergründige Affekte angelegt. An einer Kunstakademie wäre er unter dem Durchschnitt. Ein malender Schwerenöter wie Anselm Rex ist um Klassen besser. Hat einen eigenen Stil und vielfältige Ausdrucksmittel.“

Blum hätte gerne eine Zigarette angezündet, aber Rauchen und Kunst, das vertrug sich wohl nicht. „Natürlich wird nach einem oder mehreren Tätern gesucht. Wird an der Schule darüber spekuliert?“

„Nicht dass ich wüsste. Da war schon eine Trauer um diesen jungen Menschen. Freitag findet eine Gedenkfeier in der Aula statt. Die Polizei war auch schon hier. Wurde er nicht erschlagen?“

„Das prüft die Kriminalpolizei wohl noch. Es sollen alle einbestellt werden, die bei der Ausstellung und später in der Hafenkneipe dabei waren.“

Perschke war nur auf der Ausstellung gewesen.

Blum ist noch nicht fertig. „Johannes Butenschön, der Sohn des SPD-Mannes, sagt Ihnen der was?“

Der alte Kunstlehrer denkt nach. „Nein, gar nichts. Bei dem Vater wird er es nicht leicht gehabt haben.“

„Aber der Butenschön ist doch ein angesehener Politiker und im Rat der Stadt.“

„Aber er ist doch ein Sozialdemokrat. Unter den älteren Schülern und auch bei einigen im Kollegium weht der Wind seit Jahren ganz anders. Nach den Sommerferien, am 11. August, veranstaltet die Schule immer den Verfassungstag der Republik. Reihum soll ein Lehrer den Vortrag halten. Einmal sprach ich, 1930. Sonst nur der Direktor. Kein anderer Kollege war dazu bereit.“

Das will Blum erklärt bekommen.

Der Lehrer berichtet: Seit Jahren sind viele Schüler offene Sympathisanten der Hitler-Bewegung. Es wurde sogar ein nationalsozialistischer Schülerbund gegründet. Erst versuchte der Direktor die bekanntgewordenen Mitglieder zu zwingen, eine vom Vater unterschriebene Austrittserklärung beizubringen. Diese Erklärungen erfolgten zwar, aber es gab keine Ruhe. Dann verbot das Provinzialschulkollegium für ganz Schleswig-Holstein die Mitgliedschaft im NS-Schülerbund. Es folgte eine große Agitation der Partei gegen diese „Willkür". Und an den Gedanken der Schüler dürfte sich wenig geändert haben, erzählt Perschke.

„Und wie stand Passigk dazu?"

„Auf der Konferenz gab es wenig Äußerungen und eine nur laue Unterstützung für den Erlass. Aber er sprach, nach meiner Erinnerung, dafür. Plebejische Massen hat er abwertend gesagt."

Von diesen Dingen hat Blum noch nichts gehört. Die Schule ist weit weg und er hat selber keine Kinder, kennt kaum jüngere Menschen. Aber diese Hitlerbegeisterung, dieses Suchen nach einem Ausweg, das betrifft ja immer mehr. Nicht nur Junge.

Blum verabschiedet sich nachdenklich und herzlich. Richard Perschke hatte sich 1916 am selben Tag wie er gemeldet. Dann waren sie im gleichen Zug gefahren, verabschiedet von einer Musikkappelle und mit vielen anderen zu ihrer Meldestelle. Mit Gott, für Kaiser und Vaterland. Sie waren wahrhaftig berauscht von einem Glücksgefühl gewesen.

Auf dem Rückweg kann er nicht widerstehen und geht eine Runde durch das Schulgebäude, vorbei an den alten Klassenzimmern, und erst dann ins Freie.

Eigentlich müsste Blum jetzt noch Kleinigkeiten für den Abend einkaufen. Andererseits ist es schon nach eins und Brixen und das Tagesgericht warten.

Heute gibt es Birnen, Bohnen und Speck. Und Fräulein Gerda kündigt frische Rhabarbergrütze an. Da bestellt Blum ausnahmsweise einen Nachtisch.

Doch Brixen kommt erst einige Minuten später. „Scheidungsprozesse sind manchmal eine Qual. Besonders wegen der Anwesenheit beider Ehegatten und Dingen, die nicht vor ein Gericht gehören." Er bestellt auch.

„Ist mein Neffe schon in Haft?"

„Sollte er?", fragt Blum zurück und schneidet das fette Fleisch.

„Meine Frau ist jedenfalls in Aufregung, was in ihrem Zustand nicht das Beste ist. Glücklicherweise ist ja für qualifizierten anwaltlichen Beistand gesorgt."

„Die Aufregung verstehe ich nicht. Denn einen Verdacht haben die Polizisten gestern nicht geäußert. Dunkle Punkte sehe ich aber, oder weiß eine Ente da mehr?"

„Ich weiß nichts. Bin ja nur der Ehemann und Onkel." Brixen schiebt den nicht ganz leeren Teller bald von sich.

Blum ist ebenfalls fertig und wartet auf Grütze mit einem kleinen Sahnekranz. Kaffee und Weinbrand kommen auch.

„Gestern bei der Polizei war es nicht angenehm, von Dingen überrascht zu werden, die vielleicht wichtig sind, mir aber völlig unbekannt. Als Anwalt habe ich gerne Munition zum Feuern und eine klare Aufklärung des Geländes", sagt Blum und hat plötzlich Sahne im Bart.

„Ich dachte, Deine Militärzeit sei ein für alle Mal vorbei." Brixen kippt den Weinbrand.

„Das war im übertragenen Sinn gemeint. Heute Abend komme ich übrigens, auf Margarethas Wunsch, kurz zu euch. Vielleicht sehen wir dann klarer."

„*In lumine tuo videbimus lumen.* In deinem Licht werden wir Licht sehen."

Dann sprechen die Freunde über Blums Besuch in der KKS. Mit Kunst und Lehrer Perschke hatte Brixen wenig am Hut. Auf Olm, den „Molch", lässt er nichts kommen. Denn Brixen war einer von dessen Lieblingsschülern. Sein ältester Sohn soll bald die Schultradition fortsetzen.

„Wusstest Du eigentlich, dass es unter den Primanern viele Anhänger der Hitlerbewegung gibt und ein Schülerbund der Braunen verboten werden musste?"

„Nein, aber es wundert mich nicht. Und jetzt fängst Du davon an. Lass uns am 10. Juli alles mit eigenen Augen sehen, in Hamburg. Was er sagt, wer da hingeht. Margaretha würde mitkommen und in Kunst machen. Und Fräulein Nissen doch sicherlich auch."

Brixen raucht und Blum auch. Den Weinbrand hat er noch nicht angerührt.

„Was versprichst Du Dir von so einem Hitlersonntag?"

„Du kennst meine Einstellung. Nicht im Paradies der Roten landen und nicht im Reich der SA-Stiefel. Aber blick Dich um. Es sind schon Millionen. Ich will es gesehen und gehört haben. Sprich mit Deiner Agnes. Wir fahren mit dem Auto hin. Und die Damen dann per Zug zurück. So eine Zeit im Abteil, sie kommen sich näher. Deine Verlobungsabsicht kennt meine Gattin schon. Und Du willst doch sicher ihren Segen haben?“

Blum ist unwillig, verspricht aber, mit Agnes darüber zu beraten. Den Alkohol trinkt er jetzt auch.

Eigentlich hätte er seinen Freund noch gerne gefragt, warum der bei dem Familienrat im Zuckerpalast nicht dabei war. Aber dafür ist später mal Gelegenheit. Die Arbeit wartet.

10

Sein Klient ist zerknirscht und reumütig. Das ist in seinem Fall gut und muss noch bis zur Verhandlung anhalten. Mit seinem kleinen Lastauto hat er unachtsam einen Fahrradfahrer angefahren und verletzt. Fahrlässige Körperverletzung lautet die Anklage. Eine schwere Strafe steht nicht zu erwarten. Mit dem Verletzten war schon Kontakt aufgenommen worden. Freiwillig angebotene 80 Mark an Schmerzensgeld und vor allem für ein neues Fahrrad besänftigten ihn. Das würde im Prozess positiv angeführt werden können. Blums Aufgabe ist nun, nächste Woche den Verlust der Fahrerlaubnis zu verhindern. Nur das fürchtet sein Klient, der mit dem Wagen Obst, Gemüse und Blumen ausliefert.

Es ist heute Nachmittag der einzige Termin. Noch im letzten Jahr gab es drei, vier Besprechungen an manchen Tagen. Blum nutzt die Zeit für einen Blick in die Itzehoer Nachrichten. Keine Zeile ist dort über das Verbrechen an der Störschleife zu finden. Danach liest er die Tagespost, bearbeitet zwei Akten und diktiert seiner Sekretärin kleine Schreiben. Er kann früh zu Brixens gehen. Und rechtzeitig zu Hause sein. Agnes wartet.

Clara Hansen hält die Stellung. Sie macht einen sehr zufriedenen Eindruck.

Das Haus der Brixens ist eine schmucke Villa mit großem Garten. Im Vergleich zum weißen Zuckerpalast der van de Los aber doch nur wie eine ansehnliche Rose zu einer seltenen Orchidee. Und die Villa ist das Hochzeitsgeschenk des Bruders an die Schwester gewesen.

Peter von Brixen war damals ein junger Anwalt, ohne große Mittel. Er konnte weder die prunkvolle Hochzeit noch so einen Familiensitz bezahlen. Sein Vater war Makler gewesen. In der großen Inflation 1923 verlor er buchstäblich alles und kam nie wieder auf die Beine. Blum kannte ihn aus den besseren Zeiten gut. Für die Kinder ein leutseliger und spendabler Mann. Auf der Hochzeitsfeier hatte Hans von Brixen den Stolz eines gebrochenen Mannes zur Schau gestellt. Vor Jahren verließ er die Stadt. Sehr selten wurde über ihn gesprochen.

Das Hausmädchen öffnet. Bedienstete, Margarethas ausgewählte Kleidung, der Schmuck, die Bäderurlaube in Travemünde, Kunstwerke, das Auto, Blum weiß, dass Zuckergeld regelmäßig in den Haushalt der Brixens fließt.

Die Hausherrin empfängt in ihrem Salon und kann nur beschwerlich aus dem alt-bequemen englischen

Sofa aufstehen. Blum kommt ihr entgegen und erhält einen Wangenkuss. Das Mädchen bringt Tee und Gebäck.

Angespannt sieht Margaretha aus, doch ihre blonde Schönheit ist unangegriffen. Und sie ist klug, vielseitig interessiert und unkonventionell. Sie zeichnet gern. Papier und Stifte liegen in Reichweite. Portrait hatte Blum ihr immer noch nicht gesessen.

Ihm hatte sie von Anfang an gefallen. Und Blum kannte alle Geschichten. Brixen und sie waren sich das erste Mal im vornehmsten Konfektionsgeschäft der Stadt begegnet. Sein weniges Geld hatte Peter von Brixen nicht für juristische Bücher oder die Ausstattung seines gerade eröffneten Büros ausgegeben, sondern für einen Maßanzug. Sie kaufte dort ein, und mit einem galanten Aufhalten der Ladentür hatte alles begonnen.

Margaretha eröffnet das Gespräch. Sie schildert noch einmal das Leben ihres Neffen. Der Vater aus geschäftlichen Gründen oft abwesend, die Mutter kaum präsent, das einzige Kind, nach ihm gab es noch eine Fehlgeburt. Ein Kind ohne Grenzen, mit Talenten, aber keinen besonderen.

„Es war nur Schwärmerei für den Lehrer, dessen Tod wir alle bedauern. Obwohl er so war, wie er war. Aber Hinni hat mit dem Tod nichts zu tun. Ich fühle es, und ich weiß es."

„Damit werden die Behörden sich möglicherweise nicht zufrieden geben. Die wissen es gerne genau und verlegen sich nicht auf Gefühle. Zumindest Nachfragen sind wohl sicher. Zu Ende ist das für ihn nicht."

„Dann hilf ihm bitte weiter. Schütz ihn, bleibe im Kontakt mit der Polizei, oder bringe sie auf die richtige Spur. Dann ist mir wohler."

„Dann bringe Deinen Neffen dazu, mir reinen Wein einzuschenken. Alles Unklare ermuntert Kommissar Mock und seine Leute. Er lag schließlich direkt neben einem getöteten Menschen. Als ersten Schritt sollte er mich, mit oder ohne Vater, mal in meinem Büro aufsuchen. Ich möchte zuerst Fragen an ihn stellen, vor der Polizei."

Blum trinkt den süßlichen Tee. Dann spricht er weiter.

„Und was die richtige Spur betrifft, ich habe keine. Die Polizei, nach dem was sie durchblicken lässt, bislang wohl auch nicht."

„Ich werde Hinni raten, zu Dir zu gehen. Er hört auf mich. Und was das andere betrifft, hat sich Neues ereignet."

Margaretha trinkt auch ihren Tee. Blum ist gespannt.

„Es gibt Dinge, die habe ich gestern zum ersten Mal gehört."

Margaretha berichtet dann vom Besuch einer verheirateten Frau bei ihr, aus dem Kreis der kunstsinnigen Gönnerinnen des Vereins. Wohl eine Freundin. Diese hatte seit einiger Zeit eine Affäre mit dem jungen Lehrer gehabt.

„Wir sprechen von Ehebruch?"

„Das verstehst Du nicht. Nenne es, wie Du willst. Du kennst die beteiligten Personen nicht."

Margaretha berichtet weiter. Jedenfalls trafen die beiden sich häufig. Natürlich nicht in der Öffentlichkeit. An besonderen Orten, heimlich. Der Lehrer hat Zeichnungen von ihr gemacht. Aktzeichnungen, genauer gesagt. Aber es ging auch weiter. Vor einiger Zeit fand ein Treffen abends im Künstlerhaus statt. In einem der Räume gibt es ein kleines Atelier, in dem sich Künstler Arbeitszeit reservieren können. Das Haus war eigentlich verschlossen, nur die beiden waren dort. Plötzlich stand der Ehemann der Dame im Raum. Er muss ihr also nachspioniert haben. Sie hatte den Besuch bei einer Freundin vorgeschoben. Dieser Ehemann konnte die Situation nicht missverstehen. Es kam natürlich zu einer Szene. Dann schlug er mit einer Reitpeitsche auf den nur noch spärlich bekleideten Lehrer ein und drohte ihm hart mit Worten. Die Affäre hatte wohl danach nicht abrupt geendet. Der Haussegen hängt schief.

„Hat der gehörnte Ehemann mit dem Tod gedroht?“, fragt Blum.

„Wer erinnert sich an die Worte in solch einer Lage. Möglicherweise ja. Jedenfalls wollte sich die Frau gestern bei mir aussprechen. Denn dass dieser Lehrer nun erschlagen wurde, lässt doch wohl alles in einem anderen und schrecklichen Licht erscheinen.“

Blum denkt an die Striemen auf dem Körper des Toten, von denen beim Staatsanwalt die Rede war. Geht es um Eifersucht als ältestem Motiv der Welt?

„Hält seine Frau ihn zu einer solchen Tat für fähig?“

„Natürlich hat sie sich das seit Tagen gefragt. Sie ist unsicher. Sie kann mit ihrem Mann nicht darüber sprechen. Sie gehen sich aus dem Weg. Sie will ihn aber zur Rede stellen.“

Wem das Misstrauen schon einmal den richtigen Weg gewiesen hat, der bleibt misstrauisch, denkt Blum. Der Hafen bei Nacht bietet Deckung. Und Gewalt kann man vervielfachen, bis sie tödlich wirkt.

„Waren die Dame und ihr Mann auch auf der Ausstellung oder sogar im ‚Panoptikum‘?“

„Nur sie war in der Ausstellung. Wir gingen etwa gleichzeitig. Er war nicht gekommen.“

„Sollte die Polizei nicht auf diese Spur gebracht werden?“

Margaretha blickt Blum an und legt den Kopf auf die Seite.

„Um Gottes Willen. Ich habe ihr mein Wort gegeben, dass niemals der Name fallen darf.“

In Blums Kopf ist Bewegung. Eine Spur versandet gleich wieder. Und Mock dürfte von allein auf so etwas nicht kommen können.

„Wenn sich der Verdacht aber, nach einem Gespräch der Eheleute, verdichtet. Was ist dann. Ehebruch ist zwar strafbar. Aber ein Mord doch erst recht.“

„So weit haben wir beide noch nicht gedacht. Ich lasse Dir aber jede Entwicklung mitteilen, durch mich selbst oder Peter.“

„Sie soll nach der Zeit zwischen Mitternacht bis nach ein Uhr fragen. Wo ihr Ehemann da war“, sagt Blum noch. „Da ist es passiert.“

Neuer Stoff, neue Spur, neue Unklarheiten. Blum erbittet und erhält einen der erlesenen Cognacs des Hauses. Margaretha ist jetzt etwas entspannter.

„Könnte es auch noch andere Damen mit den gleichen Gefühlen für den Toten geben?“

„Denkbar“, sagt sie nach einer längeren Pause.

Der Cognac ist wirklich erlesen und auch notwendig. Dazu in einem teuren, bauchigen Glas.

Flurlärm deutet an, dass der Hausherr gekommen ist.

„So viel nur noch. Optisch war Herr Passigk keine Augenweide, aber jung und anders als die meisten. Dazu sein charmantes Gerede und sein arrogantes Gehabe. Das Künstlergetue eines Provinzgenies. Nun ja. Wem es gefällt.“ Sie schnaubt verächtlich. „Ich urteile nicht, ich nehme es nur zur Kenntnis.“

Brixen küsst seine Frau und klopft Blum auf die Schulter.

„Der geschätzte Hausgast plündert also mal wieder meinen Vorrat erlesener Getränke. Da schließe ich mich an.“

Die Einladung zum Abendbrot schlägt Blum aus. Nur seinen Patensohn will er noch sehen. So ganz wohl fühlt er sich im Hause der Freunde heute nicht. Aber an Munition und Aufklärung denkt er schon länger und hat einen Plan gemacht.

„Morgen Abend möchte ich Peter gerne mit Beschlag belegen, aber ganz in Deinem Sinne“, sagt er zu Margaretha gewandt.

„Es gibt da einiges zu klären, was nur an Ort und Stelle erfolgen kann. Genau eine Woche danach. Weißt Du was eine Art *déjà vu* ist?“, fragt er Brixen.

„Ich hoffe etwas Anständiges.“

„Wir werden den vergangenen Sonnabend Revue passieren lassen. Alle Orte, zur selben Zeit, mit einigen der beteiligten Personen, mit Fragen im Kopf und mit Alkohol. Vom Künstlerhaus bis zum Tatort in der Störschleife.“

„Wir beide?“

„Du, ich und eine junge Dame.“

11

Agnes und Blum sind am nächsten Abend nicht die Ersten am Künstlerhaus. Brixen ist schon im Prinzesshof, dem Park vor dem Gebäude. Gut sichtbar in seinem leichten, weißen Sommerjackett. Auch seine Hose ist aus hellem Stoff. Die fehlende Krawatte signalisiert, dass ein Abend ohne Förmlichkeiten stattfinden wird. Blum hat ganz auf eine Jacke verzichtet, und sein blaues Hemd ist am Kragen offen. Agnes trägt ein Sommerkleid, auch in Blau. Um den Hals eine Kette mit bunten Holzperlen. Eine versilberte Kette mit einem kleinen Löwen, ihrem Sternzeichen, besitzt sie auch noch. Für besondere Tage.

Ein älterer Mann lässt die drei in das Künstlerhaus. Die Ausstellung der jungen Künstler aus Mittelholstein ist eigentlich schon geschlossen. Sonnabends ist nur bis 8 Uhr geöffnet. Aber Agnes hat das arrangiert. Sie kennt den Mann, eine Art Hausmeister des Kunstvereins, und wird von ihm freundlich begrüßt. Die beiden Herren sind ihm dagegen unbekannt und erhalten weniger Aufmerksamkeit.

Blum will sich sowohl die Bilder des Toten ansehen als auch den Atelierraum der Künstler. Er lässt sich von Agnes dahin bringen.

Brixen hingegen, der ganz und gar nicht kunstinteressiert ist, kann durchaus Leutseligkeit versprühen und beginnt mit dem Hausmeister eine Konversation.

Das ganze Erdgeschoss des Künstlerhauses ist eine große ungeteilte Fläche. Dort finden die Ausstellungen statt. Viele Wände als Fläche sind dort, und nur eine Fensterreihe zum Park hin spendet Licht. Zu den Vereinsräumlichkeiten und den Künstlerwerkstätten geht es über eine Treppe in das obere Geschoss.

Dort gibt es zwei Atelierräume, einen großen und einen kleinen. Blum erfährt, dass der größere Raum zum Malen dient, er hat auch ein Seitenfenster und ein Oberlicht. Der kleinere Raum dient als Abstellkammer halbfertiger Werke und für die eigenen Malutensilien. Farbe, Terpentin oder Leinwände werden für alle angeschafft.

Das Atelier nutzen aber nur einige junge Künstler, erklärt Agnes. Die Etablierten haben eigene Räume nur für sich, irgendwo außerhalb. Einige Damen aus der Malgruppe malen in einem Zimmer ihrer großzügigen Häuser. Wer nur zeichnet, ist nicht auf ein Atelier angewiesen.

„Andere haben eine ganze Atelierwerkstatt“, sagt Blum. „Mit Familienanschluss“, erwidert Agnes, und es gibt einen Kuss.

Die Suche nach Dingen des Toten ist fruchtlos. Im großen Raum ist nichts individuell. Im Abstellraum sind in Regalen Bündel von Pinseln, bekleckste Umhänge und auch zwei unfertige Bilder zu sehen. Aber nichts kann Agnes Hapa zuordnen.

„Wer hat eigentlich einen eigenen Schlüssel für all das hier?“

„Viele wahrscheinlich. Ich hatte auch einen. Wohl alle, die das Atelier nutzen. Man soll ja malen können, wenn das Haus eigentlich geschlossen ist. Nur an die eingetragene Zeit für die Nutzung müssen sich alle halten.“

Die beiden gehen die Treppe hinunter.

„Und sicherlich haben die vom Vereinsvorstand auch Schlüssel?“

„Bestimmt.“

Ich muss nachfragen, zu welcher Uhrzeit der Ehemann seine Frau und den Lehrer überraschte, denkt Blum.

Im Parterre ist Lachen zu hören. Brixen und der Hausmeister stehen am geöffneten Fenster, rauchen und scherzen.

Agnes führt Blum zu Passigks Bildern. Die wollte er noch mal bewusster sehen als vor einer Woche.

Neben den Bildern hängen Kärtchen. Darauf ist zu lesen, dass sie 1931 und in diesem Jahr entstanden sind. Sie tragen die Namen „Hoffnung“, „Macht“ und „Neid“.

Das Macht-Bild hat nur zwei Farben. Schwarz und Rot. Die Ränder sind schwarz und auch der untere Teil des Bildes. Dem Betrachter entgegen kommt ein dunkelrotes, rechteckiges, kräftiges Etwas. Das ist nicht aufzuhalten. Mit aller Macht, denkt Blum.

Auch beide anderen Werke sind ohne Menschen oder Gegenstände. Nur das Motto des Bildes wird dargestellt, meist nur mit zwei, drei Farben und einer, die dominiert.

Blum bleibt einige Zeit stehen. Wie dieser Künstler wohl „Glück“ interpretiert hätte?

Agnes steht bei Brixen und dem Hausmeister, die das Rauchen inzwischen beendet haben.

Blum tritt hinzu und erfährt, dass am letzten Sonnabend gegen zehn die Ausstellung beendet wurde und das Haus abgeschlossen. „Schon davor waren die meisten Leute bereits gegangen“, erzählt der Hausmeister.

Den Passigk, den Toten, habe er natürlich gekannt. An dem Tag sei ihm aber nichts Besonderes aufgefallen. „Ganz so freundlich wie Fräulein Nissen war der nicht, wenn er mal zum Malen kam und ich im Haus war. Aber ich will nichts Schlechtes über ihn sagen.“

„Getrunken wurde aber viel an dem Abend. Ich nehme mich da nicht aus“, sagt Blum.

„Vom Verein aus gab es keinen Alkohol. Es ist aber üblich, dass Künstler und Besucher die Feier versorgen. Und viele Flaschen Wein, aber auch härtere Getränke haben wir am nächsten Tag beim Aufräumen gefunden."

Blum schätzt, dass hundert Menschen bei der Ausstellungseröffnung waren. Viele blieben nur einige Zeit und tranken keinen Alkohol. Blieben also für die Unentwegten, wozu an dem Abend auch Agnes und er gehörten, viele Flaschen übrig.

„Werden Sie ab August auch hier zu sehen sein, bei der Ausstellung Itzehoer Malerinnen?", fragt Brixen plötzlich Agnes. Woher kennt der die Ausstellungsthemen, denkt Blum. Höchstens seit kurzem vom Hausmeister.

„Nein, ich bin ja eine Zugereiste", Agnes lächelt. „Die Ausstellung präsentiert lange ansässige Itzehoer Künstlerinnen, von denen ich bisher nur Helene Gries-Danican kennengelernt habe. Und sie wird sicher ein Genuss für Sie werden, Herr von Brixen."

Blum muss schmunzeln. Hätte sie Brixen wirklich gekannt, wäre das schon fast boshaft gewesen. Der geht nie auf Ausstellungen. Aber erst einmal sollten die sich duzen. Dazu ist heute vielleicht Gelegenheit.

Es ist schon fast halb elf, als die drei durch die noch sommerlich-warme Stadt zur Störschleife gehen. Der Juli war mit sonniger Kraft gekommen. Überall sieht man Menschen.

Sie gehen durch die Breite Straße und überqueren die Störbrücke. Bis zum Gelände des Hafens ist es jetzt nicht mehr weit. Diesen Weg waren Agnes und

Blum mit einer größeren Gruppe vor einer Woche auch gegangen. Die beiden hatten sich aber zurückfallen lassen und kamen deshalb später im „Panoptikum“ an.

Ein Panoptikum ist ja eine Sammlung von Sehenswürdigkeiten, meist Wachsfiguren. Hier leben aber alle Personen noch. Sehr viele, lärmende Gäste an vollen Tischen. Eine Frau und ein Mann kellnern und rufen einem Vollbärtigen hinter der Theke Bestellungen zu. Sehenswürdigkeiten gibt es auch nicht. Die Kneipenwände sind kahl, von zweifelhafter Sauberkeit und durch den Rauch vergilbt. Über der Theke hängt ein Käfig mit einem bunten Vogel – lebendig oder tot. Durch die gardinenlose, große Fensterfront fällt der Blick direkt auf den Hafen. Das Licht ist trübe, fast draußen heller als drinnen. Rustikal sind das Mobiliar und der Umgangston. Doch hier ist der Ort, an dem sich – einige – Itzehoer Künstler, ihre Freunde und vereinzelte Förderer gerne treffen.

Agnes blickt sich um und steuert einen kleinen hinteren Tisch an. Dort sitzt ein junges Paar, das sie herzlich begrüßt. Blums Augen haben sich an das schummerige Licht gewöhnt. Jetzt erkennt er die beiden auch. Sie gehören zu Agnes’ Malgruppe und waren letzten Sonnabend dabei. Sie eine ganz Schweigsame, er ein Kunststudent mit einem Seeräubernamen. Jan oder Pit.

Mit ortsunüblicher Höflichkeit hat sich Brixen einen Stuhl organisiert. Alle werden vorgestellt. Der kunstsinnige Seeräuber ist ein Klaas Neumann und sie ein Fräulein Anke Lagerpusch. Weitere Teilnehmer von vor einer Woche erscheinen wohl noch. Agnes hat es organisiert.

Die Kellnerin kommt und nimmt kurzangebunden die Bestellung auf. Brixen zeigt mit Daumen und Ringfinger einen großen und einen kleinen Abstand: *Lütt und Lütt*. Kleines Bier, noch kleineren Schnaps. Für Blum gleich mit.

Am letzten Sonnabend war es ähnlich voll im „Panoptikum". Damals gab es keinen großen Tisch für alle. Mindestens 15 Personen saßen an zwei Tischen, die nicht nebeneinander standen.

Die Getränke sind gekommen. Alle – außer Brixen, der ja nicht dabei war – versuchen, die Sitzordnung zu erinnern. Nicht ganz einfach, denn sie änderte sich im Laufe der Zeit.

Spitznamen, Vornamen und Familiennamen werden bestätigt oder verworfen. Einfacher ist, die Leute am eigenen Tisch zusammenzubekommen. Die Sitzordnung steht. Blum erinnert sich an Agnes und das Paar am Tisch, dazu an zwei Frauen und einen Mann vom Kunstverein. Die saßen auf seiner Ecke des Tisches. Da waren aber auch noch ein, zwei andere. Dazu kommen vom anderen Tisch noch Passigk, Hinni van de Los und der junge Butenschön. Waren an dem Tisch nur Männer? War das der größere Tisch? Wer ging wann? Kam nicht noch jemand? Das menschliche Gedächtnis hat nicht die Präzision eines Uhrwerks.

Dazu kommt der Alkohol. Blum trank nicht viel. Und nur Bier. Die anderen Wein. Schnaps trank an ihrem Tisch niemand. Heute schon. Brixen hat sein elegantes Jackett über die Stuhllehne gehängt und eine angeregte Unterhaltung mit zwei Herren am Nachbartisch angefangen. Lütt und Lütt ist noch mal gebracht worden. Nicht für Blum, der braucht jetzt einen klaren Kopf.

Dann kommt noch der avisierte weitere Kunstfreund. Die Sitzordnung verrutscht. Der bekommt Brixens Stuhl. Dieser findet Platz am Nebentisch. Der Neue, auch aus der Malgruppe, beteiligt sich an ihren Gedächtnisübungen. Er bringt eine neue Person ins Spiel und überzeugt die anderen. So will er auch bei der Polizei aussagen, Montag muss er hin. Der mit dem Seeräubernamen am Dienstag. Die anderen sind noch nicht vorgeladen.

Jetzt wird es einen Moment laut. Streit am Tresen. Doch der Vollbärtige schafft schnell wieder Ruhe. Blum möchte noch ein Bier. Die Wärme der Kneipe, das Reden machen Durst.

Da ist er doch mal einen Schritt weiter als Kommissar Mock. Er hat Zeugen am Tisch. Jetzt wird es interessant.

„Wenn Sie sich den Abend vergegenwärtigen: Was erinnern Sie? Natürlich besonders, was Hans Passigk betrifft?" Blum fragt in die Runde. Er selbst und Agnes waren ja schon nach ungefähr einer Stunde gegangen. Die drei Älteren vom Kunstverein auch. Der ganze Tisch hatte sich aufgelöst. Das Pärchen blieb aber. Die setzten sich an den anderen Tisch.

Der neu gekommene Mann war gleich dort gelandet. Die weiteren Erlebnisse werden rekonstruiert.

Das ist nicht einfach. Denn an dem Tisch wurde heftig getrunken. Die grünen Flaschen standen auf dem Tisch und eine Wasserkaraffe. Der Absinth wurde meist verdünnt getrunken. Aber nicht von allen. Manche tranken pur.

Passigk war da. Dominierend im Gespräch wie gewohnt. Beliebt war er nicht, schließt Blum aus ihren Erzählungen. Betrauert wird er auch nicht. Stänkerte ein wenig herum, aber nicht mehr als sonst. Es wurde aber auch viel gelacht. „Flip und Sören sind bald gegangen, die hatte Hapa auf dem Kieker", sagt das stille Fräulein Lagerpusch. Die war am nüchternsten geblieben.

Irgendwie dehnte sich das Gespräch vor einer Woche dann auf den Nachbartisch aus, da saßen Männer, die im Hafen arbeiten. Die bekamen auch ein Glas Selbstgebrannten mit der grünen Farbe. So ging das einige Zeit. Dann wollte Fräulein Lagerpusch aufbrechen, und der Kunststudent ging mit.

So bleibt nur der Neuankömmling als Gewährsmann, und seine Erinnerung ist angeschlagen.

„Ist doch eigentlich egal, ob ich noch was weiß, oder?", fragt er in die Runde.

„Egal ist dreimal Donnerstag", sagt Agnes. „Wir wollen ja was rausfinden. Streng Dich also bitte an, Fritz."

„Lustig war es." Das weiß er noch. Behutsam bringt Blum das Gespräch auf Hinrich van de Los und Butenschön.

Lange kommt da keine Erinnerung. Dann sagt der Mann: „*Söhnchen*" und lacht. Der eine von den ganz

Jungen stand plötzlich mit einer neuen Flasche am Tisch. Passigk sollte mit rauskommen, in den Hafen, wie er es versprochen hatte. „Da hat Hapa ihn ‚Söhnchen' genannt und sich lustig über ihn gemacht. Wir anderen redeten weiter. Dann setzte sich der Junge wieder. Aber nach einer Weile: da gingen die beiden plötzlich doch, ohne ein Wort zu uns."

„Und der andere junge Mann ging auch?", fragt Blum.

„Kann sein, ich habe den nicht beachtet. Wir blieben dann noch lange. In meinem Kopf geht es ziemlich durcheinander."

„Wie spät war es, als Hapa ging?"

Blum hat die Frage spontan gestellt. Eine Antwort ist nicht zu erwarten. Sein Gegenüber zuckt auch nur mit den Achseln. Das Gespräch geht weiter. Auf seiner Taschenuhr ist es 11 Uhr 28. Vor sieben Tagen hatte der Lehrer nicht mehr lange zu leben.

Agnes hat bisher nur ein Glas Wein getrunken. Blum selbst zweimal Bier und Köm. Muss er sich um Brixen Sorgen machen? Doch der sitzt vergnügt und schwatzend mit drei Männern am Nebentisch. Und der ist trinkfest. Ein bisschen Zeit ist noch, dann müssen sie auch nach draußen in den Hafen.

Nach einigen Minuten winkt Blum die Kellnerin und zahlt. Brixen macht sich auch zum Aufbruch bereit und wird freundlich verabschiedet.

„Du hast Dich bislang gut amüsiert?"

„Ausgezeichnet. Ich kann mit allen Schichten unseres Volkes. Jetzt stehe ich Deinen Kriminalinteressen aber wieder ganz zur Verfügung." Brixen schlüpft in seine weiße Jacke.

Er und Agnes gehen nach draußen, Blum an den Tresen. Er kauft zwei Flaschen Bier zum Mitnehmen. Das Wechselgeld lässt er für den Vollbärtigen auf dem Tresen liegen.

„Letzte Woche wurde hier im Hafen ein Mann totgeschlagen, erinnern Sie sich?"

„Stimmt", sagt der Mann, der mit schnellen Händen Gläser unter seinen Zapfhahn hält und andere Gläser in das Spülwasser taucht.

„Einer der jüngeren Männer, die besoffen neben ihm gefunden wurden, soll vorher hier am Tresen eine Flasche Absinth gekauft haben?"

„Stimmt nicht", sagt der Vollbärtige. „Darf ich nicht haben, hab ich nicht. Ist verboten. Hab nur Selbstgebrannten. Hochprozentigen. Darf ich ausschenken. Sogar an die Polente, die sind manchmal auch hier." Er mustert den Anwalt von oben nach unten.

„Sie haben ja alles im Blick. Erinnern Sie einen Mann Mitte zwanzig", er beschreibt Passigk, „und zwei Burschen von knapp zwanzig, die gemeinsam rausgingen, so kurz vor Mitternacht, um diese Zeit wie jetzt?"

Der Mann blickt Blum fragend an. Drei volle Gläser stellt er auf den Tresen, eine Bestellung wird ihm zugerufen.

„Ist ein Kommen und Gehen in meinem ‚Panoptikum'. Hab ich auch schon der Polizei gesagt, als die hier waren, neulich."

„Könnte jemand was draußen gesehen haben in der Nacht?“

„*Wet ik nich*. Frag die Vagabunden. Denen gehört die Nacht im Hafen.“

Nun ist auch Blum draußen. Die Luft tut gut. Er gibt Brixen eine Flasche. Agnes würde vielleicht einen Schluck von seinem Bier trinken.

Sie gehen direkt an das Wasser. Es ist Ebbe. Das „Panoptikum“ ist nicht die einzige Kneipe in diesem Bereich des Hafens. Nur 30 Meter entfernt lärmt es aus der geöffneten Tür, über der „Zum Anker“ steht. An der Ecke, neben einem der Lagerhäuser, ist die „Eule“. Rötlich schimmert die Lampe über dem Eingang. Die Fenster sind mit Gardinen verhüllt. Das ist der Hafenpuff.

Ansonsten ist es dunkel. Kein Licht von den Booten und Schiffen. Kein Licht aus Büros und Speichern. Es gibt nur zwei Straßenlaternen. Aus dem „Anker“ kommt eine Gruppe von Männern.

„Möchtest Du vielleicht doch lieber drinnen auf uns warten“, fragt Blum Agnes. Stirnrunzeln und ein böser Blick antworten ihm. „Also wirklich, Johannes, jetzt geht es doch erst richtig los.“

Die drei suchen den Ort der Tat. Neben einem Boot auf Land soll er sein. Das weiß Blum von der Polizei. Er erzählt es den anderen beiden.

Doch ganz klein ist der Störhafen nicht. Und es liegen mehrere Boote auf Land. Eins direkt in ihrer Nähe, ein zweites ist in Sicht. Aber in einiger Entfernung. Zu ihm kommt man, wenn man an einem großen, unbeleuchteten Lagerhaus vorbeigeht.

Blum schreitet voran und schaut sich neben dem am nächsten liegenden Boot um. Der Untergrund ist mit Steinen gepflastert. Sie stehen uneinheitlich hoch. Wer mit dem Kopf darauffällt, kann sich bestimmt verletzen. Aber auch sterben?

„Wo sind die drei in der Nacht hingegangen?", fragt Blum. „Wo ist es passiert? Hier, oder gingen sie etwas abseits? Weg von den Kneipen?"

„*Mors certa. Locus incerta*", sagt Brixen. „Sicher ist der Tod. Ungewiss der Ort."

„Wenn sie sich allein unterhalten wollten, gingen sie eher noch weiter weg von den Kneipen und den Leuten. Sonst hätten sie auch drinbleiben können", das ist Agnes' Meinung.

Sie gehen am Lagerhaus entlang. Dort ist es nicht nur dunkel, sondern auch sehr ruhig. Leises Plätschern des Wassers ist das einzige Geräusch.

Auch rund um dieses Boot ist Kopfsteinpflaster. Aber sonst ist nichts zu sehen. Zum Hafenrand hin stehen zwei eiserne Poller zum Vertäuen der Schiffe. Da kann man sich draufsetzen. Blums Uhr zeigt jetzt eine Minute nach Mitternacht. Ab jetzt konnte es passiert sein.

„Prost, noch mal", sagt Brixen in die Stille und nimmt einen Schluck Bier. Nachtschwärmer sind nicht zu sehen. Aber so ganz allein sind sie auch nicht.

Man sieht Gestalten. Einige zu zweit, manche in etwas größeren Gruppen. Nicht direkt am Wasser, mehr zurückgezogen im Dunkel oder Halbdunkel. Einige vor dem Fenster der Spedition Krohn. Andere neben der großen Tür eines Lagerhauses. Keiner von ihnen steht. Neben manchen liegt ein Bündel oder ein Sack.

„Im Hafen leben Vagabunden, meinte der Wirt, als ich mit ihm sprach."

„Tippelbrüder", sagt Brixen und trinkt wieder. „In dieser Nacht lerne ich aber wirklich alles kennen."

Landstreicher, Tippelbrüder, Monarchen oder Vagabunden werden sie genannt, manchmal auch noch böser. *Fahrendes Volk* sagte man doch früher. In diesen Jahren waren sie ein schon vertrautes Phänomen geworden, auch wenn man sie selten sah und die meisten Bürger einen Bogen um diese Leute machten. Männer ohne Wohnung, Familie, Habe, Einkommen, Zukunft und einen festen Ort auf der Welt. Sie gingen dorthin, wo sie ein Plätzchen fanden oder die Gelegenheit, sich einige Mark zu verdienen. Von den Bürgern gemieden, von der Polizei aus den Grenzen ihres Amtsbezirks schnell verjagt. Die Not im Land, das Millionenheer der Erwerbslosen, hatte die Zahl der Entwurzelten stark anwachsen lassen, in Stadt und Land, im ganzen Reich.

„Würdest Du für Deinen Neffen und den Beweis seiner Unschuld Investitionen machen. Auch vielleicht solche ohne Aussicht auf Erfolg", fragt Blum seinen Freund.

„Im Rahmen meiner bescheidenen Mittel wohl schon", antwortet Brixen.

„Dann hole bitte einige Flaschen Schnaps, es muss nicht die Hausmarke sein."

„Für einen noch sehr langen und fröhlichen Abend?“

„Als Gegenleistung für die Lockerung der Zunge und hoffentlich nützliche Beobachtungen.“

Brixen trottet den Weg zurück, und Blum und Agnes bleiben auf den Schiffsanlegern sitzen. Es ist nun schon etwas kühler geworden. Blum fröstelt aber noch nicht, und Agnes holt eine leichte Strickjacke aus ihrer Basttasche. Der Mond ist sichelförmig aufgegangen. Am klaren Himmel zeigt sie ihm den Polarstern. „Da ist Norden, so was lernt eine Fischertochter mit der Muttermilch.“

Mit drei Flaschen, sie wie Kinder im Arm wiegend, kommt Brixen nach einigen Minuten zurück.

„Seid ihr bereit, an die Stelle zu gehen, über der ‚Lagerhaus 2‘ steht? Wo links und rechts davon die Gestalten zusammensitzen. Was uns erwartet, weiß ich aber nicht.“ Blum zündet sich eine Sanoussi an. Die Schachtel ist schon fast leer. In seiner Hosentasche ist aber noch Reserve, die braucht er vielleicht.

„Das Schwarz einer Witwe steht Margaretha ganz und gar nicht. Aber im weitesten Sinne geht es ja um eine Familienangelegenheit, ich bin bereit.“

„Mit zwei Rittern an meiner Seite wird mir schon nichts passieren“, sagt Agnes.

Dann brechen sie auf. Jeder trägt eine Flasche. Zum Lagerhaus sind es höchstens dreißig Meter. Eine Decke wäre ganz nützlich gewesen. Aber sie müssen sich auf die Steine setzen.

„Das müssen wir doch nicht trinken?“, fragt Brixen flüsternd.

„Aber öffnen", flüstert Blum zurück. Die Flaschen haben einfache Schraubverschlüsse. Seine hat kein Etikett und der Inhalt riecht nicht wie Holsteiner Korn, sondern wie Rübenschnaps.

Viel Geld hat Brixen nicht ausgegeben.

Einige Zeit geschieht nichts. Man hat einen guten Blick auf den sommerlich-ruhigen Hafen und die ganze Störschleife. Brixen kostet direkt aus der Flasche. Aber nur einmal. Agnes sucht Blums Nähe, und der legt den Arm um ihre Schultern.

Dann steht ein Mann auf. Kommt auf die drei zu. „Kleine Spende für die Armen, die Dame, die Herren?"

„Hier ist Platz und sicherlich auch mehr als ein Schluck. Wir sind fast zu gut eingedeckt." Blum reicht seine Flasche nicht nach oben, sondern stellt sie vor sich hin. Er macht eine einladende Geste. Der Mann mit wildem Haar und einem Bart schwankt, was er tun soll. Dann setzt er sich und greift nach der Flasche. Er nimmt einen tiefen Schluck. Wischt mit dem Ärmel seiner zerlumpten Jacke über den Mund. „War schon ein bisschen auf dem Trockenen." Dann nimmt er den zweiten, langen Schluck.

„Schöner Sommerabend", sagt Brixen, als der Landstreicher zum dritten Mal trinkt. Aber der lacht nur. Sein Gesicht ist ausdruckslos. Dann kommt auch der andere Mann, mit dem er zusammengesessen hat. Agnes' Flasche gehört jetzt ihm.

Der Neue kennt Schüttelreime und gibt sie zum Besten. Seine Auswahl ist allerdings begrenzt, und er wiederholt sie oft. Als er das dritte Mal beginnt mit

„Meine längste Braut war Alwine, ihre blauen Augen Gelatine", kommen noch mehr von den Gestalten.

Ängstlich und vorsichtig sind einige. Der Alkohol ist der Magnet. Furcht muss keiner vor ihnen haben. Alle tragen schäbigste Kleidung. Brixen holt Nachschub und flüstert Blum ins Ohr, etwas Bier für sie beide könnte nicht schaden. So ein richtiges Gespräch kommt nicht zustande.

Als neue Flaschen mit großem Hallo begrüßt und verzehrt werden, ist Gelegenheit für Beobachtungen. Einige der Vagabunden sind stumpfsinnig-passiv, es gibt Spaßvögel, aber auch Anzügliches für Agnes. Die weiß sich zu wehren. Raue Gesellen gibt es aber auch. Um eine Flasche wird regelrecht gekämpft, ja sie schlagen sich sogar.

Lange geht das nicht mehr gut, denkt Blum. Diese Inszenierung muss auch einen letzten Akt bekommen. Mit gutem oder schlechtem Schluss. Deshalb sagt er in die Runde: „Wir sind Freunde von dem Mann, einem Lehrer, der vor einer Woche hier im Hafen tot gefunden wurde. Hat jemand etwas gesehen, wie es geschah?"

Keine Antwort aus den meist bärtigen Gesichtern. „Tot" ist von einigen zu hören.

„Vor einer Woche ist es passiert. In der Nacht, bevor am Sonntag die Polizei in den Hafen kam. An einem Boot auf Land soll der Tote gelegen haben. Wo war das denn?" Viele Augenpaare sehen Agnes an, die die Frage stellt.

Nun werden einige Arme ausgestreckt. Sie zeigen auf das Boot, das in Sichtweite liegt.

Zwei Gestalten stehen auf und winken. Agnes, Blum und Brixen gehen mit. Am Boot sagt einer der Männer, dass am Morgen viele Leute herumstanden und die Polizei gekommen ist. Da war er dann schnell verschwunden. Der andere Mann nickt dazu.

Blum fragt: „Und ihr habt in der Nacht nichts gesehen? Das ist doch ganz nah." Aber beide Männer schütteln nur den Kopf. „Nichts gesehen, nichts gemacht", sagt der eine. „Wir sind immer auf der Hut", sagt der andere.

„Und ihr ward auch vor einer Woche hier, am selben Platz?"

„Nichts gesehen, nichts gemacht", sagt der eine wieder. „Wir sind mal hier und mal da", sagt der andere in schleppendem Ton.

Alle fünf gehen wieder zurück. Brixen und Agnes drängen zum Aufbruch. Blum erwartet auch nichts mehr. Hier war es passiert, um diese Zeit.

Ein etwas abseits sitzender Mann ruft Blum zu sich: „Komm mal her." Blum geht da hin. „Warst Du im großen Krieg?" Blum antwortet: „Ja".

„Der mit dem Hinkebein auch?"

„Nein, der humpelte schon vorher."

„Dann sag mir auf Dein Kameradenehrenwort, warum Du wirklich hier bist." Blum setzt sich, unwillig, doch noch hin. „Polente", fragt der Mann, der eine fast leere Flasche neben sich hat.

„Nein, ich bin Rechtsanwalt. Die Polizei verdächtigt möglicherweise einen jungen Mann, es getan zu haben. Ich vertrete ihn und glaube nicht an seine Schuld."

„Ich bin Kaiser Willem der Dritte", der Landstreicher kichert. „Kaiserliche Marine, Maschinist, und Du?" „Heer, Schützengraben", antwortet Blum.

Der Mann trägt zerlumpte Schuhe, von denen einer zu den Zehen hin offen ist. Seine Hose ist schwarz und staubig. Unter einer langen, dunklen, eingerissenen Jacke hat er einen grauen Pullover, auf dem Kopf einen breitkrempigen Hut. Markante Gesichtszüge, einen Schnurrbart, das übrige Gesicht ist einige Tage nicht rasiert.

„Ich sah schon manchen Advokat in wallender Robe, doch noch nie einen in einer lauen Sommernacht im Hafen." Kaiser Willem trinkt einen großen Schluck.

Der Mann redet anders als die anderen. Ist aber genauso zerlumpt wie sie. Blum wird aus ihm nicht recht schlau. Und es ist spät.

„Hast Du etwas gesehen, was Du mir sagen willst?", fragt er. Und fügt betont an: *„Kamerad"*.

„Ich habe es gesehen. Erst hörte ich Geschrei. Dann schlug der Riese den Mann einfach um. Dann war Ruhe. Der Riese ging weg."

„Ein Riese?"

„Ein Riese."

Blum hat sich erhoben.

Betrunkenengeschwätz.

Agnes und Brixen stehen ebenfalls und haben sich von den Landstreichern entfernt. Sie wollen gehen.

„Kamerad Advokat", Kaiser Willem ruft noch einmal. Als Blum sich zu ihm wendet, sagt er:

„Im Namen des Vogels, der Katze und des Krokodils. Erbarmen." Dabei kichert er blödsinnig und schlägt das Kreuz.

Die drei gehen. Es ist kurz vor zwei Uhr. Vor einer Woche war Hans Passigk schon tot.

12

Arno Nolte ist in Eile.

Und er hat schon Likör getrunken, trinken müssen. Um 10 Uhr ist der große Augenblick mit Bürgermeister Adolf Rhode, den Anverwandten und natürlich der Jubilarin. 95 Jahre. Es gibt einen Blumenstrauß und ehrende Worte. Die Töchter wollen mit auf das Zeitungsbild. Die beiden Söhne kredenzen Likör mit Rotstich, den „Mutti" so gerne getrunken hat. Der Redakteur trinkt nur ein halbes Gläschen.

Die alte Dame trägt ihr bestes Kleid, schwarz und mit weißem Spitzenkragen, lächelt, ist aber zu Auskünften über ihr langes Leben nicht mehr in der Lage. „Ja, ja", sagt sie nickend und lächelnd auf alle Fragen nach besonderen Erlebnissen. Jahrgang 1837. Tagelöhnertochter aus Beidenfleth, der Ehemann Fuhrknecht in Itzehoe. Mehrere Könige und Kaiser erlebte sie, Bismarck, Kriege, Heirat, fünf Kinder und diverse Enkel und Urenkel. Einige sind auch anwesend in der Wohnung der ältesten Tochter. Sie und ihre Schwestern erzählen dann doch einiges für die Zeitung. Nolte hat schon die Überschrift. „Die älteste Frau der Stadt". Die diversen Kuchen sind leider für den Geburtstagskaffee am Nachmittag. Nur mit dem Likör ist man freigiebig. Nicht mit Arno Nolte. Er verabschiedet sich bald.

Auf dem Weg aus der Helenenstraße zur Redaktion kommt er dann noch an einem Menschenauflauf vorbei. Vor dem Traditionsgeschäft für Haushaltswaren Haltermann. Die erste Adresse für Töpfe, Pfannen, Geschirr, Besteck und praktische Hochzeitsgeschenke in Itzehoe ist überraschend in Konkurs gegangen. Jetzt zieht der Räumungsverkauf mit stark reduzierten Preisen Massen an. Geduldig stehen meist Frauen auf dem Bürgersteig. Auch der Laden ist voll. Dort gibt es sogar Gerangel und kleinere Handgreiflichkeiten um die besten Posten. Das ist durch das Schaufenster zu sehen. Da macht Nolte schnell noch ein Foto. Ein kleiner Bericht würde das werden. Der Lokalreporter unterwegs.

Nun sitzt er vor der Schreibmaschine in der Redaktion. Der Geburtstagsartikel ist fertig. Der Ramschverkauf kann warten. Der Mord im Hafen ist dran.

Was hat er denn schon? Freitag gab es eine Trauerfeier an der Schule. Der Schulchor sang. Der Direktor sprach anteilnehmende Worte. Von einer „unfasslichen Tat" war die Rede, von „Bildungsidealen" und „künstlerischen Interessen". Die Aula war aber nur mit dem Kollegium und älteren Schülern knapp zur Hälfte besetzt. Niemand wollte dem Redakteur viel oder gar Schlechtes über den Lehrer sagen. Angehörige waren leider nicht gekommen.

Bei der Kunst würde er nicht lange verweilen. Der Kunstlehrer der höheren Töchterschule, der gelegentlich Ausstellungskritiken für die Nachrichten schrieb, hatte einiges erzählt. Merkwürdige, moderne Bilder habe der Tote gemalt und sogar ausgestellt. Moderne Kunst. Nichts für Arno Nolte und seine Leserschaft. Konnte er erwähnen, aber nicht zu lang.

Die Beerdigung ist diese Woche in Ratzeburg. Zu weit für Noltes Motorrad. „Bewegend" würde die Beisetzung sein, das muss reichen. Von Kollegen des Lauenburgischen Anzeigers hat er einiges zum Hintergrund erfahren. Eine Hand wäscht die andere. Der Vater ist Postbeamter und hochdekorierter Soldat des Weltkrieges. Fahnenträger des „Stahlhelm", der Veteranenorganisation. Die Eltern „gebeugt von Schmerz und Trauer" würde in seinem Artikel stehen. Das passt immer und kommt auch gut an.

Bei Frau Lipp, der Zimmerwirtin, war Nolte schon am Freitag gewesen, gleich nach seinem Besuch in der KKS. Alleinlebend und mitteilungsbedürftig. Ihr Kaffee war ordentlich. Aber nichts war dabei in ihren Geschichten, was er brauchen konnte. Ein mustergültiger möblierter Herr war der tote Lehrer gewesen. Keine Damenbesuche, aber oft junge Männer. Sein Zimmer eine kleine Studierstube. Wenn es was gab, hatte Mock es schon mitgenommen. Da war nichts zu holen. Viele Bücher hat ein Lehrer eben.

Die Nationalsozialisten von der Tageszeitung hatten von einem „zweifelhaften Ruf" des Toten geschrieben, aber sonst nicht viel. Davon hätte Nolte gerne mehr gewusst. Aber ihren Schriftleiter wollte er nicht anrufen. Ein unangenehmer Mann. Nolte war überparteilich und deutschnational.

Zur Person des Toten würden die Itzehoer Nachrichten also nicht viel berichten, und nur Gutes. Eine Fotografie gab es leider nicht. Da konnten auch die Lauenburger nicht weiterhelfen.

Was Tat und Täter betrifft, wollte Arno Nolte aber mehr bringen als alle anderen.

Viele Pfennige ergeben eine Mark. „Unsere Ermittlungen laufen noch." Damit kann Kommissar Mock ihn nicht abspeisen. Er fragt nach. Todesursache: Schädelverletzung durch Sturz, aber auch stumpfe Gewalt, wohl durch einen Schlag im Gesichtsbereich. Die Nase war gebrochen. Kompliziert darzustellen. „Schwere tödliche Schädelverletzung" wird im Artikel stehen. Totgeschlagen, wird der Leser sich denken. Ein Sturz im Suff war es also nicht.

Am Telefon wird der Redakteur offensiv. Nennt die Namen der beiden Bürschchen aus den besseren Kreisen und fragt: „Sind das auch die ersten Verdächtigen der Polizei?"

Doch Mock hat abgewiegelt. „Wir vernehmen zahlreiche Zeugen, gehen jeder Spur nach."

Verdächtige sind die jungen Herren also weiter. Ihre Namen bestreitet der Kommissar nicht.

Vielleicht soll er sich ein wenig vorwagen, aber mit Fingerspitzengefühl. Den „roten Jonny" hat er noch nicht gefragt.

Das ist alles noch etwas wenig. Aber dann gibt es von Mock doch noch ein Bonbon. Um der guten Beziehungen willen. Eine Einladung. Und Nolte muss lächeln, es ist zwar Hochsommer, aber mit dem alten Weihnachtslied kann man singen: *Morgen, Kinder, wird's was geben.* Und er wird dabei sein.

Das wird aber erst in einem anderen Artikel stehen. Für die morgige Ausgabe muss er was aus den bisherigen Fakten machen. Damit fängt er an. „Trauer und Rätsel um den toten Lehrer vom Störhafen", will er dem Chefredakteur als Überschrift vorschlagen. Er tippt schnell. Ohne Notizen und langes Nachdenken hat er alles im Kopf parat. Und diesmal wird es ein langer Artikel werden. Vielleicht der Aufmacher auf der ersten Lokalseite. Die älteste Frau der Stadt könnte darunter kommen, von ihr hat er schließlich ein Bild.

Das Telefon auf seinem Tisch klingelt. Hat Mock noch etwas für ihn? Es ist aber der Rechtsanwalt Richard Kilb. „Guten Tag, Herr Doktor." Was will der Sozi von ihm?

Dann hört Nolte genau zu, stellt einige Fragen und macht sich sogar Notizen. Da sprudelt doch unverhofft noch eine kleine Quelle. Mit dem roten Jonny muss er nicht mehr sprechen.

13

Drei Zugänge gibt es zum Störhafen. Durch sie kommen die Arbeiter und die Kontorangestellten, fahren die Speditionslastwagen und manchmal auch ein Pferdefuhrwerk. Durch alle drei Straßen kommt jetzt ein großes Aufgebot von Polizei und Landjägern. Ein Teil ist in Marschformation zu Fuß herangeführt worden. Der Rest auf Einsatzwagen. Mit den Fahrzeugen werden die Durchgänge – bis auf schmale Durchlässe – versperrt. Frei ist nur noch der Weg in die Stör. Es ist Punkt sechs Uhr.

Razzia.

Jeder Durchgang wird von einigen Beamten kontrolliert. Wer passieren will, muss sich ausweisen und den Grund für Betreten und Verlassen des Hafens angeben. Die meisten Polizisten bilden aber Ketten. Schritt für Schritt rücken sie vor und ziehen das Netz enger. Starke Taschenlampen führen sie mit sich, um in dunklere Ecken oder durch die Fenster in das Innere von Gebäuden zu sehen. Der Arbeitstag beginnt erst. Noch begegnen sie wenigen Menschen, die im Hafen arbeiten. Die Kneipen haben geschlossen. Nur in der „Störklause", der vielgenutzten Hafenkantine, mit kalten und heißen Getränken, Knackwürsten und Butterbroten, brennt schon Licht.

Doch in diese Kneipe werfen zwei Uniformierte nur einen flüchtigen Blick in Gastraum und Abort. Andere rütteln an den Türen von Lagerräumen und Büros. Fast alles ist noch verschlossen. In die auf Land liegenden Boote wird geschaut, hinter Tonnen und Abfallbehälter.

Dies dient aber nur dazu, niemanden zu übersehen. Was die Polizei sucht, geht schnell und an verschiedenen Ecken des Hafens ins Netz.

Mit lauten Rufen, Fußtritten und manchmal auch einem Stoß mit dem Polizeiknüppel werden die Vagabunden geweckt. Einige von ihnen sind still und fast ängstlich, lassen sich nur widerwillig auf die Beine zerren. Andere schreien auf, schimpfen und verfluchen die Beamten. Einem wird die Hand nach hinten gedreht. Er soll gespuckt haben. *„Nimm din dreggige Pfoten wech von min Frack"*, wird gepöbelt.

Einer ist schon aufgestanden und läuft weg, mehrere Beamten umkurvend. Dann springt er in das Hafenwasser. Unter Hohngelächter, Spott und Anfeuerungsrufen versucht er, schwimmend das andere Störufer zu erreichen. Doch die Polizei hat vorgedacht, und zwei Uniformierte sind im Ruderboot gekommen. Rasch ist er eingefangen.

Kommandos sind zu hören, Protestgeschrei und Hundegebell. Die Polizeiketten treffen sich und führen zerlumpte Gestalten auf wackligen Beinen mit sich. Einige von denen tragen Bündel und Säcke in der Hand. Die meisten der Landstreicher sind jetzt ruhig. Einer schreit noch und erhält eine Ohrfeige vom am nächsten stehenden Landjäger. Dann ist Ruhe. Eine Nachhut der Polizisten meldet, dass Lokalitäten, Eingänge und Boote ergebnislos abgesucht worden sind. „Dann haben wir ja alle Strolche", sagt der Einsatzleiter. „Sucht mit den Lampen ihre Schlafplätze nach Gegenständen ab, und unsere Wagen sollen vorfahren. Alle kommen mit auf die Wache."

16 Vagabunden und ein Hund stehen bereit, als die Polizeiwagen heranfahren. Der Hund wird nicht verladen. Er bekommt von einem Beamten einen Fußtritt und bellt lange und verzweifelt. Einer der

zerlumpten Männer will sich auf den Treter stürzen. Doch er wird zurück auf den Wagen gestoßen. Der Hund und sein Besitzer toben. „Schnauze" ruft ein beleibter Beamter. Jetzt ist augenblicklich Ruhe. Jedenfalls für kurze Zeit.

Und mittendrin, fotografierend und geschäftig herumgehend, Arno Nolte. Er hat sich an Kommissar Mock gehalten und ist mit ihm durch die Sperre nahe der Brücke gekommen.

Mock sieht sich jeden einzelnen der Verhafteten genau an und spricht mit dem höchsten der Uniformierten. Als die Polizei abrückt, läuft der Hund hinterher. Mock lässt sich von dem Redakteur in die Störklause einladen. Es ist erst halb sieben, und er braucht ein Frühstück.

Außer ihnen gibt es nur einen Gast zu dieser frühen Stunde. Um die Mittagszeit herrscht erst richtiger Hochbetrieb, und dann gegen frühen Abend, da wollen manche ein Feierabendbier. Das Wirtseheaar hat seine 16-Stunden-Schicht begonnen. Die Frau in der Küche, der Mann hinterm Tresen. Zwei Kännchen Kaffee und ein Wurstbrot für Mock ordert Nolte vom Tisch aus.

„Das war ja ein buntes Treiben, und einer ging ins Wasser."

„Ab und an muss das mal sein. Alle mal einfangen. Sonst werden nur mal einer oder zwei hoppsgenommen und über die Stadtgrenze gebracht. Aber dann sind sie gleich wieder da."

Fotos hat Nolte genug und auch Stoff für eine gute Geschichte. Aber Fragen hat er auch noch, als der

Kaffee kommt und sein Gegenüber in das Brot beißt.

„So eine Razzia gegen unerwünschte Elemente ist, so sehe ich das, Sache der Schutzpolizei. Warum waren Sie so früh persönlich dabei, Herr Kommissar?"

Mock kaut und spült mit Kaffee nach. „Zwei Fliegen mit einer Klappe", sagt er dann. „Auf der Wache prüfen sie jetzt die Personalien, falls das Gesindel Papiere dabei hat. Sonst sitzen die sowieso erst mal. Dann wird das Fahndungsbuch gewälzt. Könnten welche ausgeschrieben sein. Festnahmegesuch wegen irgendwas. Dreck am Stecken haben die doch alle. Und Landstreicherei ist ja auch gegen das Gesetz."

„Und was will die Kriminalabteilung mit der Klatsche erlegen?", fragt Nolte. Der Kaffee tut gut.

„Wir tun auch unsere Arbeit. Haben schließlich einen Mord aufzuklären. Wollen mal sehen, ob einer von denen Blut an seiner Kleidung hat. Oder was zu melden über den toten Lehrer. Haben ja die Freilassung dafür anzubieten. Und was anderes suche ich auch noch. Aber darüber zu sprechen, ist noch zu früh, nicht nur wegen der Uhrzeit." Er lächelt.

„Diese Landstreicher sind für Sie Verdächtige?" Nolte ist ganz Ohr. Einen Block zum Aufschreiben braucht er nicht. Das lässt die Leute nur ihre Worte abwägen oder ganz schweigen.

„Würde doch passen. Die arbeitsscheuen Strolche treiben sich doch den ganzen Sommer über in der Hafengegend rum. Wollen sich wohl gern auch mal ein paar Mark mit Handlangerdiensten verdienen.

Aber die meisten lungern doch nur rum. Denen fühlen wir auf den Zahn."

„Wenn es was gibt, dann ..."

„Nolte, hetzen Sie mich nicht." Der Kommissar trinkt den Kaffee aus. Für einen Schnaps ist es noch zu früh. Die Gestalten sind jetzt in der Wache. Die Arbeit beginnt. Das wird nicht leicht. Die sind oft verstockt, frech, und ihre Klamotten stinken.

Jetzt wird nicht mehr lange geplaudert. Ein gutgekleideter Mann ist gekommen. Nimmt einen Kaffee und wird dann in seine Spedition gehen. Man verabschiedet sich.

Schon früh ein guter Tag für Arno Nolte. Das Foto, auf dem die Landstreicher alle zusammenstehen, will er bringen. Den Artikel kann er ganz gut mit farbigen Schilderungen anreichern. Dazu vielleicht noch ein paar allgemeine Gedanken über die Landstreicherplage. Es werden ja auch hier immer mehr.

Und er ist der einzige Redakteur gewesen. Die anderen Blätter können natürlich heute auch bei der Polizei anrufen. Aber das ist ja nicht dasselbe. Er ist dabeigewesen.

An der Brückenseite zur Stadt hin steht Noltes Motorrad. Auf die Kombi kann er verzichten. Es sind schon jetzt angenehme Temperaturen. Nur den Helm setzt er auf. Dann fährt er durch die Stadt in Richtung der Landstraße nach Wilster.

Bei SIHI, der großen Pumpenfabrik, wird gestreikt. Gestern begann der Ausstand. Da will er sich umsehen. Mindestens ein kleiner Artikel wird abfallen. Es geht um Lohnsenkungen entgegen dem geschlossenen Tarifvertrag. Das ist doch heute üblich, denkt Nolte. Die Lage ist schlecht. Wer noch Arbeit hat, sollte sich freuen und dankbar sein. Aber deswegen gab es auch in Glückstadt, bei der Papierfabrik Temming, einen Streik, der nichts gebracht hatte.

Vor den Hallen stehen viele Arbeiter. STREIK steht auf einem Schild. Die Männer reden und rauchen. Er stellt sich dazu. Nur wenige sollen die Arbeit aufgenommen haben, sagen die Herumstehenden. Gerüchte sagen, Streikbrecher werden kommen und auf dem Fabrikgelände untergebracht. Bewacht von der Polizei. Mittwoch wollen die Arbeiter durch die Stadt demonstrieren. Das sind Rote, ein Bild macht Nolte lieber nicht. Bonzen wie Jonny Butenschön waren schon am Montag da. Reden halten. Jetzt sitzt er wohl in seinem Gewerkschaftsbüro in der Heinrichstraße.

Der Redakteur fährt zum Sedanplatz zurück. In der Redaktion steht schon die Wärme. Die Fenster sind alle geöffnet. Er schreibt schnell den Artikel „Ausstand fortgesetzt", der wird nur kurz für die zweite Lokalseite. Einige kleinere Dinge sind zu erledigen. Dann gönnt Nolte sich eine lange Mittagspause, schließlich musste er heute früh anfangen.

Am Nachmittag hat der Verein der Siedler, Pächter und Kleingärtner zu einem Gespräch geladen. Das ist alljährlich immer mit Kaffee und Kuchen im Vereinsheim. Dabei berichten sie vom Vereinsleben, ihren Forderungen an die Stadtverwaltung und von dem Wettbewerb um den schönsten Kleingarten. Da geht Nolte gerne hin. Dann ist Zeit für seinen Hauptartikel. Die Fotos sind schon entwickelt.

„Razzia gegen Landstreicherplage“ lautet seine Überschrift. Er bekommt dafür genügend Platz und schildert die Ereignisse. „Durchgreifen“ ist sein Motto. 14 männliche Personen sind inhaftiert, erfährt Nolte von der Polizei. Zwei Männer wurden freigelassen. Das waren Handwerksgesellen auf der Walz. Der Artikel steht lange vor dem Redaktionsschluss um sechs.

Um kurz vor fünf ruft ein gut gelaunter Kommissar an. Was hat Mock für ihn?

Das ist ja nicht zu glauben. Das gibt dem Artikel erst die richtige Würze. Da muss Nolte noch einmal ganz neu ran. Aber in der Zeit wird er bleiben.

Bei einem der Landstreicher sind die Schuhe des Toten gefunden worden. Der hatte die an. Kein Zweifel. Gefunden wurde der Tote nämlich ganz ohne Schuhe, erzählt Mock. Die Zimmerwirtin hat sie identifiziert.

Der Mörder gefasst? „Darauf konzentrieren sich jetzt unsere Ermittlungen“, sagt Mock. „Nur ein Indiz, aber natürlich weiß Gott kein geringes.“ Die beste Spur bislang.

Jetzt muss es schnell gehen. Das gehört an den Anfang des Artikels. Die Razzia dann hinten. Nolte spannt neues Papier in die Maschine. Der Schnupftabak fördert seine Konzentration.

„Aufgeklärt“ wird er noch nicht schreiben können. Aber „Durchbruch“, das ist das richtige Wort. Ein Landstreicher passt ins Bild. Und das machte auch

Sinn: Die waren ständig im Hafen, auch in der fraglichen Nacht. In Lumpen sind die gekleidet, und ihre eigenen Schuhe waren auch nicht besser. Die standen außerhalb der Gesellschaft. Hatten nichts, wollten was. Schnaps, was zum Essen. Einen anderen Menschen totschlagen, um dessen Schuhe zu rauben? Man blickt nicht rein in das Gesindel. Aber die Schuhe des Opfers anzuhaben, das ist doch so viel wie ein Geständnis oder neben der Leiche überrascht zu werden. Na ja, neben der Leiche haben auch andere gelegen, denkt sich der Redakteur, aber in ihren eigenen Schuhen.

Nur die Fakten, das ist schon genug. Und den Satz von Mock, dass sich die Ermittlungen darauf konzentrieren. Das hat Nolte ganz exklusiv für seine Zeitung. So wird er anfangen. Danach dann das, was er schon fertig hatte. Und dass 14 Landstreicher inhaftiert sind. Den Namen hat er nicht. Woher der kommt, ob der schon was auf dem Kerbholz hat. Aber das hat Zeit.

Er geht zum Chefredakteur. „Gute Arbeit, Nolte" sagt der. Das tut gut.

Viertel vor sechs ist der Artikel fertig. „Mord im Hafen: Täter gefasst?" wird die Überschrift sein.

Das Fragezeichen will sein Chefredakteur.

14

Der Arbeitstag von Johannes Blum hat am selben Tag im Itzehoer Gefängnis begonnen. Kurz nach acht Uhr grüßt er den Torposten und geht in das Besprechungszimmer. Die Anwälte treffen hier ihre Klienten, Besucher die Gefangenen.

Auch heute ist Hermann Eichler, den sie den Mündel-Mörder nennen, von stiller Zurückgezogenheit auf sich selbst. So war es schon am ersten Tag gewesen, an dem Blum in das Gefängnis kam.

Ein neuer Klient, Haftbefehl wegen Mordes an seinem ehemaligen Vormund, die Sache klar, denn der Mann hatte sich selbst gestellt. Leise sagte er nur seinen Namen, unterschrieb dem Anwalt später eine Vollmacht, aber zum Warum, den Umständen und Gründen seiner Tat sagte er kein einziges Wort.

So blieb es bei allen Besuchen. Eine selbstgewisse Ruhe strahlte der Gefangene aus. Zufriedenheit. Oft war ein wissendes Schmunzeln in seinem Gesicht. Die Augen flackerten aber oft, und unruhig sind die Hände.

In Schafstedt am Kanal war er geboren worden. Doch mehr wollte er nicht davon erzählen. Kein Wort über den frühen Tod der Eltern und die Aufnahme im Haushalt seines Vormunds. Über seine Jahre dort bei dem entfernten Verwandten.

Auch keine Beschwerde, kein Wunsch kamen über die Lippen des Inhaftierten. Niemand besuchte ihn. Aus der Akte wusste Blum, dass vor dem Verbrechen alle Brücken abgebrochen worden waren. Die Wohnung gekündigt, das kleine Sparguthaben abgehoben. Eine Familie hatte er dort unten im Westen nicht. Das Erwürgen eines anderen Menschen war gewollt und geplant gewesen.

Auch heute das gewohnte Bild. Dankend wird die angebotene Zigarette abgelehnt. Bestätigt wird, dass zweimal ein Nervenarzt gekommen war. Die Staatsanwaltschaft hatte ein Gutachten in Auftrag gegeben. In ihm soll festgestellt werden, ob eine Geisteskrankheit vorliegt. Dann könnte es aus rechtlichen Gründen keine Verurteilung geben. Der Arzt aus Schleswig wird wiederkommen. Erst nach seiner Entscheidung soll es eine Anklage geben.

Mehr ist heute nicht zu klären. Der Anwalt verabschiedet sich. So einen Fall gab es in seiner Praxis noch nicht. Einige Mordprozesse vor dem Schwurgericht führte er in der Vergangenheit schon. Aber da fand er einen Gesprächsfaden zu seinen Klienten, denen die Todesstrafe drohte. Hier nicht.

Und man weiß nicht, ob es am Ende sein Fall bleiben wird. Auch Rechtsanwalt Kilb beauftragte der Gefangene mit der Wahrnehmung seiner Interessen. Die Hängepartie zwischen Blum und Kilb bestand seit mehreren Wochen. Das konnte noch einige Zeit so weitergehen. Natürlich war der Mann mittellos. Er war selbst nicht einmal in der Lage, *einen* Rechtsbeistand zu zahlen. Andererseits bestand vor dem Schwurgericht Anspruch auf einen von der Staatskasse bezahlten Offizialverteidiger. Kommt es soweit und blieb Kollege Kilb im Rennen, dann würde dieser vom Gericht ausgewählt werden. Da ist Blum sich sicher. Im vergangenen Herbst hatte er sich in einem spektakulären Prozess um ein in einer Scheune erhängtes Mädchen nicht das Wohlwollen des Gerichtspräsidenten zugezogen. Im Gegenteil.

Das alles würde sich finden. Sein Pflichtbesuch ist vorbei. Blum verlässt das Gefängnis. An der Pforte plaudert er noch mit dem alten Wachtmeister Rückert über das Wetter und geht dann in sein benachbartes Büro.

Clara Hansen wird in drei Tagen Hochzeit haben. Die Standardfrage, ob alles mit der Vorbereitung gut läuft, kann sie weiterhin getrost bejahen. Zwei Männer, die Musik machen, haben jetzt auch endgültig zugesagt. Blum hat ihr schon mehr als einen Tanz versprochen.

Auf seinem Schreibtisch ist nur eine Unterschriftenmappe. Gerichtsprozesse gibt es heute nicht. Das war vor einiger Zeit noch anders gewesen. Ein Kaffee wird gebracht, eine Sanoussi entzündet. Blum hat Zeit für die Itzehoer Nachrichten.

Aus Berlin wird berichtet, dass Reichskanzler von Papen Arbeitsbeschaffungsmaßnahmen plant, es aber dafür Finanzierungsprobleme gibt. Das Reich ist überschuldet. Ein Foto zeigt Reichspräsident von Hindenburg bei der Einweihung einer Brücke in Oberschlesien. Das Landestheater Kiel wird mit einem Gerhart-Hauptmann-Stück gastieren. Das Filmangebot in den Adlerlichtspielen interessiert ihn heute nicht. Den Sport überschlägt er wie immer. Der Annoncenteil ist nur klein.

Auf der Lokalseite fällt Blums Blick auf die älteste Frau der Stadt. 95 Jahre. Da hat er noch sechzig vor sich. Ganz oben ist der Artikel über den Toten aus dem Störhafen. Arno Nolte ist der Verfasser. Blum hat ihn einmal kennengelernt, ein aufdringlicher Mensch.

Am Anfang nichts Neues. Eine Gedenkfeier in der Schule hat es gegeben. Stammte aus dem Herzogtum Lauenburg und wird dort diese Woche beerdigt. Dann kommen die Angaben zur Todesursache. Das weiß der Anwalt auch schon. Dann taucht der Abiturient Johannes Butenschön junior auf, mit vollem Namen, „ein wertvoller Zeuge der Polizei“ für die Aufklärung des Verbrechens. Wie kommt das in den Artikel, und was hat er beigetragen? Davon ist nichts zu lesen.

Blum lässt sich mit der Kriminalpolizei verbinden. Er landet bei der Polizeivermittlung. Dann knackt es in der Leitung. Dann die Stimme von Kriminalwachtmeister Braun.

Mock ist nicht im Dienstzimmer. Braun ist Blum auch recht. „Haben Sie heute schon die Nachrichten gelesen?“, fragt er. „Warum kommt ein einzelner Zeuge dort zu Wort. Und es liest sich, als wenn dieser über jeden Verdacht erhaben ist.“

„In der Tat“, sagt Braun. „Gelesen habe ich es. Der Hinweis auf den jungen Butenschön ist aber nicht von uns. Das mit dem fehlenden Verdacht stimmt aber, bei vorläufiger Betrachtungsweise.“

„Das haben Ihre Nachforschungen ergeben?“

„Nun, so viel kann ich wohl sagen. Irgendeinen Verdacht gab es für uns nie. Bei einer Nachvernehmung am gestrigen Tag hat sich das bestätigt. Es gäbe ja keinerlei Motiv. Und der Junge war auch bereit, eine Blutprobe abzugeben. Er spielt mit offenen Karten."

„Und mein Klient nicht?"

„Darüber sollten sie vielleicht besser mit dem Dienststellenleiter sprechen. Offenbar hatte Herr van de Los an dem Abend Streit mit dem späteren Opfer. Und zwar mehrfach, an verschiedenen Orten. Dafür gibt es mehr als eine Quelle. Wir haben viele Zeugen vorgeladen, seit gestern trudeln sie so langsam ein."

„Und ihr Chef? Für das Mittagsmahl ist es doch noch zu früh."

„Der Herr Kommissar führt Vernehmungen durch. Heute früh sind zahlreiche Landstreicher im Hafen festgenommen worden. Sie werden intensiv befragt."

Die sitzen jetzt in den Zellen, denkt Blum. Dann beendet er mit einem kurzen Gruß das Gespräch. Mock hat also sein Netz über die Vagabunden ausgeworfen. Was hofft er von ihnen zu erfahren? Mehr als Blum in der langen Nacht des vergangenen Wochenendes erfahren konnte?

Natürlich gab es Streit zwischen Hinni van de Los und dem Lehrer. Das ist ein schwacher Punkt. Das muss geklärt werden. Und wie kommt der Name des jungen Butenschön so positiv in die Zeitung? Ist das schon Politik und der Senior zieht erfolgreich die Strippen?

Die zweite Hälfte des Vormittags vergeht mit der Lektüre eines umfangreichen Vorgangs der Staatsanwaltschaft, in den er Akteneinsicht beantragt hatte. Eine Betrugssache. Dann die Tagespost. Und zwischendurch ein Anruf. Die Fachzeitung kann warten. Vor dem Mittagessen hat Blum noch zwei kleine, wichtige Dinge abzuholen.

Dann schlendert Blum gut gelaunt durch die belebten Straßen. Mehr Kinder sind in der Stadt in der Mittagszeit zu sehen. Die großen Ferien haben angefangen. Vor dem „Itzehoer Hof“ werden Bierfässer von einem Pferdefuhrwerk abgeladen. Zwei Frauen streiten lautstark, und jede hat ein Kleinkind am Arm. Im Fenster des kommunistischen Parteilokals „Meesebrink“, am unteren Ende des Sandbergs, hängen eine rote Fahne und ein Plakat, auf dem zur Wahl von Liste 3 aufgerufen wird. Doch Blum nimmt das alles kaum wahr, seit er den Juwelier verlassen hat, schwebt er ein wenig.

Die gehobene Stimmung dämpft sich beim Anblick der Tafel mit dem Tagesgericht bei Laage. Leber, Apfelmus und Kartoffelbrei. Er mag keine Innereien, schon seit der Kinderzeit nicht.

Brixen sitzt an ihrem angestammten Tisch und liest.

„Börsenkurse, Familiennachrichten, was fesselt Dich heute in der Zeitung?“

„Ist es an der Zeit, die Familienanzeigen intensiv zu studieren?“ Brixen blickt auf. „Ich hoffe auf eine individuelle Unterrichtung im Fall der Fälle.“

Fräulein Gerda ist hilfreich und verspricht Blum, das Tagesgericht in Spiegeleier, Gemüse und Kartoffelbrei zu ändern. Brixen bleibt beim Bewährten.

„Gelesen habe ich übrigens von der Abfahrt der deutschen Teilnehmer an der Olympiade, die Ende des Monats in Los Angeles beginnt. Sie sind in Wilhelmshaven eingeschifft worden."

Seine persönlichen Familiennachrichten können warten, beschließt Blum. Erst will er von einer schon getroffenen Entscheidung berichten. „Sonntag können wir nach Hamburg fahren. Ich habe mit Agnes gesprochen. Dort gibt es wohl einen Vortrag, der sie interessiert. Und Margaretha und sie haben sich darüber schon verständigt. Direkt."

Das Essen wird serviert. Dazu für beide ein großes Alsterwasser aus Bier und Limonade gegen den Durst, denn heiß ist es schon seit Stunden.

Brixen belässt es bei einem „gut, gut" und widmet sich seinem Teller. Blum findet, dass Spiegeleier in jeder kulinarischen Lebenslage angemessen sind, und möchte noch ein Alsterwasser. Auf den Weinbrand wollen beide bei den Temperaturen verzichten. Auf den Kaffee aber nicht.

„Als *postillion d'amour*, oder eigentlich nicht, mehr im Gegenteil, habe ich was mitzuteilen."

„Bekommt Dein Satz noch einen Sinn?", fragt Blum.

„Also, meine Gattin lässt Dir Folgendes in einer Stadtaffäre, wenn auch nicht Staatsaffäre, durch mich mitteilen."

Der Kaffee kommt. Blum entzündet eine Sanoussi dazu.

Brixen senkt gespielt die Stimme. „Über den schlagkräftigen Ehemann. Du weißt, wen ich meine, gibt es Neues zu berichten."

„Schmück es nicht aus, nur was Margaretha Dir gesagt hat“, bittet Blum.

„Also, in der fraglichen Nacht war er nicht zu Hause. Er kam erst spät, jedenfalls weit nach ein Uhr, was wohl wichtig ist. Er schlief dann nicht im gemeinsamen Ehebett. Wo er war, hat er der Ehefrau nicht gesagt. Diese stellte dann Nachforschungen an, wie Ehefrauen das machen, Brieftasche durchsuchen, nachsehen, was in Anzugjacken oder Hosentaschen zu finden ist. Jedenfalls fand sie ein Päckchen Reklamezündhölzer der ‚Eule‘.“

„Vom Puff im Hafen?“

„Einem Herrenclub, aber genau da.“

„Und dort war ihr Mann in der Nacht?“

„Das Geheimnis zu ergründen, bemüht sich die Frau. Noch ohne Ergebnis.“

Das ist um die Ecke des Tatorts. Wäre ein Zufall. Aber von dort könnte der gehörnte Ehemann es zu Ende gebracht haben, denkt Blum. Ein für alle Mal.

„Alle Welt kennt Deinen Spürsinn und Deine schon legendäre Diskretion. Wer ist der große Unbekannte denn?“

Brixen trinkt seinen Kaffee und raucht eine *Salem*. Er lässt sich Zeit.

„Von Margaretha weiß ich absolut nichts. Ich bin nur der Bote. *Dixi et salvavi animam meam.* Ich habe gesprochen und meine Seele gerettet.“

„Lass Dich nicht lange bitten. Sei eine brave Ente und vertraue Dich Deinem einzigen wahren Freund an.“

Brixen hat aufgeraucht und drückt die Zigarette aus.

„Meiner unmaßgeblichen Meinung nach kann es nur der Herr Rittmeister gewesen sein."

„Wer?" Blum kann damit nichts anfangen.

„Ein Name kommt nicht über meine Lippen. Du kennst Margaretha, aber nicht so gut wie ich. Also, der Rittmeister, der mit der Pferdezucht pleitegegangen ist, schon vor einigen Jahren. Lebt jetzt wohl eher vom Geld der Gattin."

Sowas gibt es, denkt Blum.

„Sagt Dir der Soldatensiedlungsverband Holstein noch was. Ist schon bald zehn Jahre her, die Siedler vom Lockstedter Lager?"

Blum hat nicht mal eine dunkle Erinnerung. Damals studierte er in Berlin. Er schüttelt den Kopf.

„Das waren Leute von einer Marinebrigade, Freikorpskämpfer in Berlin und danach im Baltikum. Harte Gesellen. Jedenfalls hat sie die Regierung demobilisiert und auf dem alten Truppenübungsplatz im Lockstedter Lager zusammengezogen. Sie bekamen Geld und sollten sich hier ansiedeln und zivile Berufe ergreifen. Einige sind dann auch tatsächlich hier hängengeblieben. Auch der fragliche Herr. Machte mit seiner Heirat eine gute Partie in der Stadt."

Ein Weltkriegsoffizier, denkt Blum. Der kennt den Tod. Und diese Landsknechte der Freikorps, die hatten nach 1919 überall gewütet, gegen die Revolution und den Bolschewismus. Oder was dafür gehalten wurde. Tötungshemmungen hatten die damals nicht gehabt. Und der hatte Frau und Geld zu verlieren.

„Kennst Du den fraglichen Herren, dessen Name nichts zur Sache tut, persönlich?"

„Kaum. Hat so ein schneidiges Auftreten, das mir ja nicht so liegt."

„Unser Alter?"

„Eher Anfang, Mitte vierzig."

„Und die dazugehörende Gattin?"

„Die hat unser Alter. Die Ehe ist kinderlos."

„Erscheinungsbild?"

Brixen denkt nach. „Noch größer als ich. Drahtig, hochgewachsen. Stattlich, sagt die Damenwelt wohl."

„Eine zupackende Persönlichkeit, wenn Du verstehst, was ich meine?"

„Ich kann Dir folgen und würde sagen, ja."

Der Kaffee ist getrunken. Brixen muss gehen und fragt: „Bist Du heute Abend schon vergeben. Sonst würde ich gern zu Dir kommen. Mit einer kleinen Überraschung."

Für Überraschungen ist Blum immer zu haben.

In seinem Büro ist wenig zu tun. Erst für fünf Uhr ist ein neuer Klient angemeldet. Zwei Schreiben diktiert Blum und trinkt danach mit Frau Hansen gemeinsam einen Kaffee. In der *Juristischen Wochenschrift*, die er danach liest, wird über ein Urteil des Bayrischen Obersten Landesgerichts berichtet, das Juristen gerade noch, normale Menschen aber eher nicht mehr verstehen.

In einem Provinzstädtchen hatte ein Betrunkener mehrere Schüsse in Richtung der alten, verfallenen Befestigungsanlagen abgegeben. Der Stadtpolizist schritt ein und stellte die Personalien fest. Der Mann besaß aber einen Waffenschein und wurde vom Amtsgericht wegen ungebührlichen ruhestörenden Lärms zu 30 Mark Geldstrafe verurteilt. Wochen später fanden spielende Kinder in den Ruinen den Leichnam eines Mannes. Die folgende Untersuchung ergab eine Übereinstimmung der Projektile mit den Schüssen des Ruhestörers. Der sollte sich nun auch wegen fahrlässiger Tötung verantworten. Doch mit ihrer Anklage scheiterte die Staatsanwaltschaft in allen Instanzen. Der Grund war der Rechtssatz *ne bis in idem:* das Verbot, zweimal wegen der gleichen Handlung bestraft zu werden. Lange hatten die Richter abgewogen, waren aber zum Ergebnis gekommen, dass die Schüsse mit der Verurteilung wegen Ruhestörung abgegolten waren und wegen der Tötung keine neue Strafe ausgesprochen werden durfte.

Unser Strafrecht ist immer für eine Überraschung gut, findet Blum.

Seine Sekretärin klopft und in sein Zimmer tritt Hinrich van de Los. Allein.

„Meine Tante meinte, ich sollte zu Ihnen kommen, Herr Doktor, ohne viele Formalitäten. Komme ich ungelegen?“

„Nehmen Sie Platz, Hinrich. Nein, das ist schon in Ordnung.“ Er deutet auf seinen Besucherstuhl. Einen Kaffee möchte der junge Mann nicht, aber gerne ein Glas Wasser.

Gut gekleidet ist sein Besucher. Eine helle Hose und ein offenes weißes Hemd trägt er. Die blonden Haare sind gut frisiert, der Kopf ist erhoben. Ruhige Augen. Die Unterlippe etwas vorgestreckt. Ein hübscher Junge, würden manche sagen. Ein junger Herr.

„Ich freue mich, dass Sie gekommen sind. Es gibt einiges zu besprechen. Weiß Ihr Vater von dem Besuch?"

„Er ist bis morgen auf einer Geschäftsreise. Ich werde ihm davon erzählen."

Blum berichtet, was er an aktuellen Informationen von der Polizei erhalten hat. Dann auch von der nächtlichen Unternehmung mit Agnes und Brixen. Davon weiß sein Besucher schon. Hinrich will wissen, was es mit dem Bericht über den Zeugen John Butenschön auf sich hat. Die Lektüre des Artikels ist der Auslöser seines Besuchs.

„Nun, wie ich schon sagte. Der war offenbar erneut bei der Polizei. Und jemand hat darüber mit der Zeitung gesprochen. Vielleicht sein Vater oder sein Anwalt. Man möchte ihn in einem guten Licht dastehen lassen."

Hinni nickt und senkt den Kopf. Blum spricht ihn an.

„Mir ist noch einiges unklar. Darüber möchte ich sprechen. Nur unter uns ist es vielleicht besser als mit Familienangehörigen. Auf meine Verschwiegenheit dürfen Sie sich verlassen, das sagt schon das Gesetz."

„Gut." Der Junge hat eine leise Stimme und blickt Blum wieder an.

„Als Schüler hatte ich auch Lehrer, die mir näherstanden als andere. An Besuche erinnere ich mich aber nur bei einem, dem Vater eines Schulfreundes. Aber es waren auch andere Zeiten damals. Was war das Besondere bei Ihnen und Herrn Passigk?"

Nach einem Schluck Wasser sagt Hinni: „Er war ja noch nicht so alt wie die anderen. Und kein Pauker, wenn Sie verstehen. Er interessierte sich für Dinge, die mir auch wichtig sind. Literatur und natürlich Kunst. Er war sehr gebildet. Man … ich war gerne in seiner Nähe."

Blum kann gut ein aufmerksames Gesicht machen und zuhören. Nicht zur Unzeit unterbrechen.

„Bei ihm zu Hause gab es einen *jour fix*. Jeden Mittwochnachmittag trafen sich einige Schüler in seinem Zimmer. Wir redeten über die Dinge, Kunst. Auch über die Strömungen der Zeit. Bücher, Politik, die Hitlerei, wie er es nannte."

„Hitlerei?", fragt Blum nun doch dazwischen.

„Viele in der Schule sind für diese Richtung, schwärmen geradezu davon. Fast alle. Ein neues Reich, in dem alles anders und besser wird. Hapa nicht. Er kritisierte auch vieles an der Gegenwart. Aber für ihn steht der Einzelne vor der Masse. Er glaubte an Elite. Wie es in der Antike war oder im alten Rom. Die Macht der großen Denker."

Große Denker und große Schlachten, denkt Blum. Sein Besucher trinkt wieder Wasser und schweigt.

„Und war dieser Schülerkreis groß?"

„Nein, nur einige sind gekommen. Ich eigentlich regelmäßig."

„Und der junge Herr Butenschön?"

„Nur ganz am Ende, vor ... Sie wissen schon."

Da ist noch Wichtiges offen, denkt Blum. Aber erst einmal langsam. Er fragt nach Hinrich van de Los' Interesse für die Kunst und das Studium der Kunstgeschichte. Darauf wird einsilbig geantwortet. Kunstgeschichte will er studieren. Von einer Art Ultimatum ist dann die Rede. Der Vater wünscht die Klärung der Angelegenheit binnen kurzer Zeit. Sonst soll sein Sohn eine Kaufmannsausbildung bei einem Geschäftsfreund seines Vaters in Danzig aufnehmen. Das wäre eine große Katastrophe, sagt der Besucher.

„Wie würden Sie denn nachträglich Ihre Beziehung, ihr Verhältnis zu dem Toten beschreiben?", fragt Blum.

Bei der Erwähnung des Toten geht ein merkbares Zucken durch den Jungen. Die Hände sind unruhig, nervös. Blum wartet gespannt. Die Antwort dauert.

„Ich dachte, wir wären Freunde. Nicht wie Schulfreunde natürlich. Wie Freunde eben, die etwas verbindet."

Ich habe auch Freunde von damals, denkt Blum. Aber sie waren meine Klassenkameraden. Nicht meine Lehrer.

„Aber bei Hapa war es mal so, mal so. Bei den Mittwochnachmittagen war er anders als in der Schule oder wenn man ihn in der Stadt traf. Da war er ein ganz anderer. Abweisend fast."

Mittwochs war die Stunde seiner jungen Bewunderer, vermutet Blum. Er kann sich einiges vorstellen, was wohl sehr einseitig war. Jetzt kommt es darauf an.

„Verschiedentlich habe ich von Streit gehört, den es am Abend zwischen Ihnen und dem Lehrer gab. Was war der Grund?"

Hinni trinkt das Wasserglas leer. „Ich wollte einiges wissen. Wo die Schule nun ja vorbei ist und ich bald Itzehoe verlasse. Ob man sich schreibt, besucht und länger in Kontakt bleibt. Ich wollte auch vermitteln, dass mein Vater vielleicht eines der Bilder von Hapa kauft." Nach einer kurzen Weile fügt er hinzu. „Für mich."

Eine Antwort war das noch nicht. Blum wartet.

„Auf der Ausstellung waren so viele Leute. Hapa sprach mit ihnen. Zu mir sagte er, mir *versprach* er, wir gehen alle ins ‚Panoptikum' und danach wir beide in den Hafen."

„Und das wollten Sie eingelöst haben, als Sie die Flasche gekauft hatten, kurz vor Mitternacht im ‚Panoptikum', Hinrich?"

„Er hatte es doch versprochen."

„Und warum nannte er Sie *Söhnchen*, war das freundlich gemeint?"

„Egal war das", sagt Hinrich van de Los. Und Gesicht und Körper sagen, dass es das gewiss nicht war.

„Seit wir zuletzt gesprochen haben, sind einige Tage vergangen. Bestimmt haben Sie nachgedacht. Was sind Ihre letzten Erinnerungen?"

Sind da Tränen bei dem Jungen? Er sagt: „Hapa und John reden. Ich sehe nur einen Nebel vor meinen Augen. Dann … ich weiß nicht."

„Im Künstlerhaus soll es vor Wochen schon einmal eine, sagen wir mal, Szene mit Ihnen und Herr Passigk gegeben haben. Da flogen Gegenstände." Das hat Blum durch Agnes erfahren.

„Kann sein", sagt der Junge und ist nicht überrascht.

„Und warum, was war geschehen?"

„Nur ein Missverständnis."

„Ein Missverständnis?"

„Ich wollte ihn in seinem Atelier überraschen. Aber er war beschäftigt und nicht allein."

Blum braucht schon lange eine Sanoussi, steckt sie an. Der Junge möchte nicht rauchen. Er holt tief Luft und sieht dem Anwalt fragend in die Augen.

„Kann ich es getan haben? Im Rausch. Ich erinnere mich doch nicht?"

Wie soll Blum diese Frage beantworten? Der Vater und bestimmt die Tante haben sie sich offenbar auch gestellt. Und ganz gewiss Mock.

„Ich kann die Frage nicht beantworten. Sie selbst, Ihre Familie, aber auch die Polizei stellen sich dieselbe Frage. Es gibt Ermittlungen. Und nichts spricht wirklich gegen Sie, Hinrich. Entlasten könnte Sie sicherlich eine Blutprobe. Man fand Blutspuren. Wo, entzieht sich aber meiner Kenntnis. Herr Butenschön hat eine solche Probe schon abgegeben. Man kann dann die Blutgruppe feststellen. Die Polizei legt Wert darauf. Ich würde zuraten."

„Das ist doch jetzt alles egal, nicht mehr wichtig."

„Für Ihre Zukunft schon", sagt Blum. „Denken Sie darüber nach, beraten Sie sich mit der Familie."

Sein Besucher ist aufgestanden, schleppend wie ein an Jahren viel älterer Mann. Blum bringt ihn zur Tür und verabschiedet sich. Bei der Sekretärin wartet schon sein angemeldeter Klient. Einige Minuten Zeit erbittet er sich.

Das Gespräch muss er sacken lassen. Blum sitzt am Schreibtisch. Ein reicher, armer Junge. Ein einsamer Suchender. Ein Enttäuschter. Vielleicht auch ein Ausgenutzter. Ein Betrunkener. Ein Gereizter.

Kann er es getan haben?

15

Brixen kommt um acht. Er ist nicht sehr oft bei seinem Freund zu Gast und macht zunächst eine Art Rundgang. Und was trägt er unter dem Arm?

„Hat Geschmack, das Fräulein Nissen. Schöne Farbe im Wohnzimmer, und die Möbel, neu bezogen. Die hellen Vorhänge gefallen mir auch. Hier wird ja ein Nest gebaut. Und Dein Barvermögen reicht zum Finanzieren noch aus?"

„Ich spare an allem anderen", sagt Blum. „Willst Du Deine Besichtigung noch fortsetzen?"

Das will Brixen nicht. Er geht in die Küche. Unter dem Arm trägt er eine Flasche. Die wird abgesetzt. Er öffnet den hängenden Schrank und findet zwei kleine Gläser. „Absinth. Nur mal zum Probieren. Habe gestern gleich zwei Flaschen in der bewussten Kneipe gekauft."

„Absinth haben wir noch nie getrunken."

„Eben drum. Auch in der Lebensmitte gibt es Neues zu entdecken. Lass uns zwei Stühle auf den kleinen Hinterhof mitnehmen. Zwei Freunde, ein Sommerabend, eine neue Welt des Geschmacks zu entdecken."

Heute ist der ja aufgekratzt, denkt Blum. Dann tragen sie die Stühle durch die Küchentür raus. Der Hof ist klein und ungepflastert. Eine stillgelegte Wasserpumpe steht da noch und ein abgestorbener Baum.

Blum holt noch einen dritten Stuhl als Tischchen. Und was ist mit Wasser zum Verdünnen. Davon war doch die Rede bei den Eingeweihten dieses Getränks.

Doch Brixen ist der Meinung, Verdünnung beeinträchtigt den ersten Genuss. Das wäre respektlos gegenüber dem zu entdeckenden Geschmack. Er schenkt ein. Bei jedem ersten Mal an einem gemeinsamen Getränkeabend prosten sich die Freunde immer höflich zu. Blum riecht erst mal. Neutral. Dann ein vorsichtig bemessener Schluck. Auch irgendwie neutral. Etwas unterhalb seiner Erwartungen.

„In dieser Werkstatt geht Fräulein Nissen also ihren künstlerischen Neigungen nach." Brixen hat eine Zigarre mitgebracht und entzündet sie umständlich.

„Geht das noch lange, Fräulein hier, Fräulein da? Als möglicher Trauzeuge solltest Du ihr mal das Du anbieten. Schließlich bist Du der weit ältere."

„Gleichfalls", sagt Brixen und bläst kunstvoll einen Ring aus Rauch.

Dann fragt er nach dem Stand der Dinge. Feste Absicht, Ringe gekauft, Warten auf eine Gelegenheit, antwortet Blum. Er trinkt jetzt einen weiteren Schluck. Immer noch neutral, aber irgendwas tut sich.

„Heute war Dein Neffe bei mir. Sehr interessant. Übrigens ohne Vater."

„Der hat wohl noch andere Sorgen. Banksorgen."

Blum versteht nicht, und sein Freund erklärt. Seit einigen Jahren hat die Firma van de Los dem lukrativen Zuckergeschäft noch ein zweites Standbein hinzugefügt. Kaffeeimport. Eine Firma im Hamburger Hafen wurde aufgekauft. Das lief anfänglich gut. Dann verfielen der Preis und auch der Absatz guten Bohnenkaffees. Die Zuckerüberschüsse deckten die Verluste zunächst ab. Aber seit einem Jahr wirkte sich die Krise auch dort aus. Hamburger Banken werden gebraucht.

„So weit nach oben geht das?" Blum fragt und holt eine Sanoussipackung aus der Tasche.

„Heilige Einfalt. Was glaubst Du denn. Nimm Alsen, das größte Unternehmen hier. Die Baukonjunktur ist stark eingebrochen und ihr Auslandsabsatz auch. Sie nutzen nur noch ein Drittel ihrer Kapazitäten. Vielleicht droht eine vorübergehende Stilllegung. Entlassen haben sie ja schon kräftig."

Das wusste Blum so genau nicht. Wie waren sie darauf gekommen? Jetzt hat er noch eine Frage, die er schon früher stellen wollte.

„Warum warst Du nicht dabei, als ich letzte Woche bei Deinem Schwager war. Warum hast Du Deine Frau nur abgeholt?"

„Ach", Brixen hebt das Glas und trinkt, „eingeheiratet haben und dazugehören, das sind so Dinge", er sucht nach Worten, „… die Dir noch verschlossen sind."

Die Morsumer Krabbenfischerfamilie steht Blum tatsächlich noch bevor. Daran denkt er aber eher gern. Und er möchte mehr wissen. „Nur wegen des Geldes?"

Brixen lässt sich nicht drängen. Ascht auf den Boden. Er sammelt sich.

„Einer, der nichts hat, außer einem *von* vor dem Namen. Dessen Vater einen fulminanten Bankrott hingelegt hat. Und der von dem Bruder als Familienoberhaupt die Hand der reichen Schwester will. Sieht so nicht ein Mitgiftjäger aus? Immerhin gehören Margaretha 25 Prozent des Familienvermögens."

Das hatte Blum bisher nicht einmal ungenau gewusst.

Brixen ist nun in Fahrt. „Natürlich klärte sich über die Jahre einiges. Ich habe auch manches dafür getan. Aber an das Zuckervermögen werden selbst wir beide mit unseren Gebühren als Advokaten in einem ganzen Leben nie herankommen."

Beide trinken die Gläser leer.

„Die kleistern gerne etwas zu. Beide, Marcus und Margaretha. Nach außen soll nichts kommen. Im Großen und im Kleinen. Nicht aus ihrer Welt. Schau Dir mal Hinnis Mutter an, Sophie, ein Drama. Ganz am Anfang, als ich sie kennenlernte, war es nicht so schlimm. Eher im Gegenteil. Erst als sie das Kind verlor, ging es los. Diese Zustände. Jetzt heißt es oft, sie ist zur Sommerfrische in Travemünde, plötzlich unpässlich und kann ihren Mann nicht begleiten. Sie wird versteckt wie eine Leprakranke."

„Und der Junge?"

Statt einer Antwort nimmt Brixen die Flasche und schenkt die Gläser noch einmal voll. Die Flasche stellt er wieder auf den Boden neben den Stuhl. Der Stuhl wackelt danach und aus beiden Gläsern ergießt sich Absinth auf den Sitz. *„Icus, picus, sellericus"*, ruft er, und Blum muss laut lachen. Den lateinischen Satz riefen sie als Schüler oft. Da haben wir den Salat.

Sie prosten sich noch einmal zu. Mit Lütt und Lütt, ihrem traditionellen Getränk, nicht zu vergleichen.

„Hinni war ein aufgewecktes Kind. Als ich ihn zuerst sah, war er vielleicht sieben oder acht. Gut dressierte Manieren. Aber er war immer ein Kind, das alle Wünsche erfüllt bekam, das sah er als selbstverständlich an. Ich hab ihn infolgedessen trotzig und wütend werden sehen, wenn er nicht seinen Willen bekam. Selbst gegenüber Margaretha, und das will was heißen."

„Wohl auch ein einsames Kind?"

„Ich kenne ihn schon lange nicht mehr genug, um so was zu wissen. Und ich schade ihm doch nicht durch mein lockeres Gerede?“

„Wahre Worte an einem Sommerabend sind nie verkehrt.“

„Jedenfalls, ein Nachfolger für Geschäft und Vermögen, ein solcher Nachfolger ist er nicht. *Kunstgeschichte*.“

Das letzte Wort sprach Brixen aus wie mit einem schlechten Geschmack im Mund.

Das Herausfingern einer Zigarette aus der Packung und das Entzünden mit dem Streichholz gelingt Blum nur mit Mühe und einigem Zeitaufwand. Da tut sich was. Er hat sein Glas leer und eine Idee.

„Was denkst Du über eine Flasche Bier und die Beendigung unserer Begegnung mit grünschimmerndem Alkohol?“

Sein Freund ist einverstanden. Blum geht in seine kühle Speisekammer, findet aber nur noch eine einzige Flasche und teilt sie brüderlich. Brixen hat die Zigarre beendet, fuchtelt mit ihr unschlüssig und wirft sie in Richtung Pumpe.

„Dein Neffe Hinni war sehr berauscht, hatte mehr als wir von diesem Zeug und fragt sich ernsthaft, ob er es getan haben kann.“

„Den Lehrer totgeschlagen?“

„Nein, eine Nordpolexpedition begonnen.“

„Hinni, Gott bewahre, warum sollte er so was tun.“

Warum sollte er, ohne rechtes Bewusstsein, im Rausch, so etwas tun, denkt Blum.

Beim leider einzigen Glas Bier kommen sie auf Deutschland zu sprechen, wie es weitergehen wird. Brixen will eine bessere Wirtschaftspolitik, Aufbruch aus der Krise. Blum will keinen Krieg mehr. Hitler wird die Wahlen gewinnen, und wenn er Reichskanzler wird, steigen die Spannungen, glauben beide. Es gibt Unruhen. Mehr als jetzt schon.

16

Leicht verkatert nimmt Blum am nächsten Vormittag an einer Berufungsverhandlung teil. Da waren von vornherein Hopfen und Malz verloren. Und so lautet auch das Urteil.

Im Büro sagt Frau Hansen, jemand aus dem Untersuchungsgefängnis hätte nach ihm verlangt, und in den Itzehoer Nachrichten wäre der Mord im Störhafen wohl gelöst.

Ins Gefängnis geht er am Nachmittag. Dann ist Zeit. Zum Mittagstisch kann Brixen heute nicht kommen. Das Essen wird also nicht lange dauern.

Aber die Zeitung will Blum gleich lesen.

„Mord im Hafen – Täter gefasst?“ Die Überschrift findet er schnell. Wer? Einer der Landstreicher, der die Schuhe des Toten trug. Der Tote hatte keine an, als die Leiche gefunden wurde? Das ist ihm neu. Von der Razzia hatte Braun am Telefon schon erzählt. Woher wusste die Polizei, wie die Schuhe des Lehrers aussahen? Das Motiv sollten sich die Leser denken. Ein Raubmord. Wegen der Schuhe? Konnte natürlich sein. Friedliche Burschen sind das nicht. Vor Ort waren die auch. Wer soll es getan haben? Keine Antwort im Artikel. Aber ein Foto hat der Nolte geschossen. Darauf sind alle Festgenommenen zu sehen, verlumpt sehen die aus, ihre Gesichter kaum zu erkennen, die meisten Vagabunden halten den Kopf gesenkt. Einer war auf der Flucht ins Wasser gesprungen. Ordentlich Angst mussten die gehabt haben.

Aber von einem Haftbefehl steht da noch nichts. Sonst ist Mock mit so was schnell bei der Hand. Der fackelt nicht lange. Ein Geständnis ist rasch formuliert und unterschrieben.

Vielleicht gibt es im Gefängnis schon was Neues. Wer will etwas von ihm? Will der Mündel-Mörder endlich reden? Vorher noch ein schnelles Essen bei Laage. Er hätte gern gewusst, wie Brixen den gestrigen Abend überstanden hat. Dann geht er los.

Irgendetwas ist heute anders im Gefängnis. Der Geruch und die abblätternde Wandfarbe sind es nicht. Das ist wie immer. Es ist der Lärm. Ruhig ist es an diesem Ort nie. Zwei Dutzend Zellen, meist auch gefüllt mit Männern, da ruft und poltert es immer. Dazu kommen manchmal die militärisch-knappen Kommandos der Wachtmeister. Das Klappern der Schlüssel. Aber heute hallt es im Erdgeschoss von unverständlichem Gegröle und dem Scheppern der Zellentüren aus Eisen, gegen die geschlagen oder getreten wird.

„Was ist denn bei euch los?“, fragt Blum den Wachtmeister, der ihn zum Sprechzimmer begleitet. „Die

Lumpen aus dem Hafen, 14 wurden neu eingeliefert. Alles ist voll und in Unordnung. Sind kaum zur Ruhe zu bringen. Frech und aufsässig. Einer hat wie wild um sich geschlagen, traf einen von uns, mussten wir im Keller aus dem Verkehr ziehen. Dann wurde er erst ruhig."

„Gesindel", sagt der Beamte kopfschüttelnd noch. „Ich hole Ihren Klienten, Herr Doktor. *Is ok son Lorbass.*"

Blum wartet rauchend. Es kommt häufig vor, dass die Wachtmeister Empfehlungen für neu Festgenommene aussprechen oder sein Name bekannt ist. Oder ein einsitzender Klient ihn sprechen will. Dann ruft das Gefängnis im Büro an.

In die kleine Besuchszelle kommt nach wenigen Minuten, verlumpt und nach Schweiß riechend, unrasiert, aber mit einem freundlichen Lächeln, jedoch wenig majestätisch Kaiser Willem der Dritte.

„Danke, Kamerad, für diesen Besuch", sind die ersten Worte. „Ich hab den Schlüsselknechten hier Dein Aussehen beschrieben, und die kannten gleich den Namen. Den Anlass unserer Bekanntschaft verschwieg ich aber diskret."

Duzen lässt Blum sich grundsätzlich nie von seinen Klienten. Aber dies war wohl eher etwas, was mit Humor genommen werden musste, und man hatte sich ja schon kennengelernt.

„Meine Dienste offeriere ich Menschen aus Hütten und Palästen. Was gibt's?"

Wortlos schiebt der Vagabund zwei Blatt Papier über den Tisch. Einen Haftbefehl und eine Ladung zum Schnellgericht für Montag, 11. Juli, 8 Uhr 45, Sitzungssaal 1.

Wilhelm Kaiser, geboren am 19.4.1891 in Hamburg, ist, so lautet die Formel, zur Untersuchungshaft zu bringen. Denn er ist dringend verdächtig des Diebstahls in fünf Fällen und der Landstreicherei. Die Paragraphen 242 und 361 des Reichsstrafgesetzbuchs sind verletzt. Dann steht da noch: Die fünf sichergestellten Uhren sind nicht ohne Wert und deliktisch erlangt. Der Beschuldigte ist ohne festen Wohnsitz im Reichsgebiet und hat einen Hang zu Wandern und Müßiggang, weshalb er mittel- und erwerbszwecklos umherzieht, ohne erforderliches Einkommen zu haben. Es bestehe Fluchtgefahr.

„Das mit den Uhren stimmt nicht“, sagt sein Gegenüber am Tisch, als Blum wieder aufblickt. „Denn das Juristenchinesisch soll doch wohl bedeuten, dass ich sie geklaut habe.“

„So sieht es aus.“

„Stimmt nicht. Eine ist meine, eine ein Erbstück von *Vadder* und eine von einem Kameraden, der ist in meinen Armen gestorben. Die anderen zwei habe ich ehrlich gewonnen.“

„In einer Lotterie?“

„Bist Du nun mein Anwalt oder was?“

Schon sind die Rollen klarer und der Ton ändert sich, denkt Blum und sagt: „Noch nicht.“

Von Kaiser erfährt er, dass nur drei Uhren überhaupt funktionieren. Dann gibt es sehr präzise Angaben, unter welchen Umständen und zu welchen Zeiten dieser in den Besitz der Uhren kam. Die letzten zwei Uhren als Gewinne beim *Lügen*, einem Würfelspiel.

„Hohe Einsätze, war es nicht vielleicht Roulette?"

Kaiser schüttelt den Kopf. „Im *Fassmoocker* oder dem *Ahoi* im Hamburger Hafen ist das so. Man kann setzen, was der andere auch auf Tasche hat. Auch große Sachen. Spielschulden sind Ehrenschulden."

Ein Grundsatz der bürgerlichen Gesellschaft, denkt Blum. Stimmen könnte das vielleicht. In der Welt der Hafenkneipen ist er nicht heimisch. Aber würde ein Richter so etwas einem Landstreicher glauben?

Ganz ernst kann Blum das Gespräch aber immer noch nicht nehmen. „Mildtätigkeit ist die Sache von uns Anwälten nicht. Wie sieht es denn mit Bargeld für mein Honorar aus?"

„Ebbe bis zum Horizont, Kamerad. Aber von zwei Uhren könnte ich mich trennen. Unter Umständen."

„Wer gestohlenes Gut an sich nimmt, wäre ein Hehler. Da bin ich vorsichtig. Aber wir wollen mal sehen, ob eine Hand die andere wäscht."

Blum bietet eine Zigarette an. Kaiser holt eine ganz winzige Pfeife hervor. „Wollten die Knechte mir wegnehmen." Dann öffnet er das Papier der Sanoussi und stopft mit dem Tabak die Pfeife. Beide rauchen.

„Ist doch so, Kamerad. Der Diebstahl muss niedergeschlagen werden. Die Strafe für das Herumziehen nehme ich an und gelobe Besserung, wäre ja nicht das erste Mal. Aber …", jetzt kommt er mit dem Kopf weit über den Tisch, „… aber Glückstadt, das auf keinen Fall. Korrektionsanstalt, da hab ich Schiss vor."

Blum versteht ihn. In Glückstadt an der Elbe ist die Landesarbeitsanstalt der Provinz. Ein sehr verrufenes Arbeitshaus. Dort kann für lange Zeit zwangseingewiesen werden, wer wegen Landstreicherei schon mehrmals verurteilt wurde. So ist es wohl bei Kaiser gewesen, und nun hat der Angst. Ein Anwalt soll helfen.

Blum hat eine Frage. Er will aber nicht direkt darauf zusteuern. Außerdem ist er neugierig. Deshalb erst einmal was anderes. „Erzähl mal aus Deinem Leben, bevor Du Kaiser Willem der Dritte wurdest. Muss ja nach 18, nach der Abdankung Deines Vorgängers gewesen sein." Das „Kamerad" lässt er weg. Von damals hat er eigentlich keinen, will er auch nicht mehr.

Wilhelm Kaiser kann gut erzählen. Hat einiges erlebt. Einmal ist Pause, um noch eine Zigarette zu Tabak zu machen.

Der Vater war natürlich nicht aus hochherrschaftlichem Haus. Ein Hafenarbeiter. Seine vielköpfige Familie lebte in einer Kellerwohnung im Hamburger Stadtviertel Sternschanze. Gespielt wurde von den Kindern um die Ecke im Park mit dem großen Wasserturm. Manchmal gab es für die Familie Bananen oder richtigen Kaffee, dann war Ladung kaputtgegangen. Kam regelmäßig vor. „Spende vom Hafen", nannte der Vater das. Meistens aber gab es nur Kohlsuppe, Pellkartoffeln oder eine Scheibe trockenes Brot. Der Sohn war aufgeweckt, konnte aber nur die

Volksschule besuchen. Mit 15 die erste Heuer als Küchenjunge, da ging es nach Norden, Skagerrak und schwedische Häfen. Um Kap Horn ist er gesegelt. Den tätowierten Anker auf dem rechten Arm erhielt er mit 18 nach einer durchzechten Nacht im chilenischen Hafen Valparaiso.

1915 war Schluss mit der christlichen Seefahrt. Er fuhr nun als Hilfsmaschinist auf einem kaiserlichen Zerstörer. Zwei Feindfahrten. Dann ging alles unter. Das Kaiserreich und dessen Flotte, Selbstversenkung in der Nordsee bei Scapa Flow. Da war Maat Kaiser dabei. Im Dezember 19 kam er aus englischer Kriegsgefangenschaft zurück. Arbeit im Hafen, nie fest, immer, wenn man Schichten machen konnte. Dann verschwanden einige Jahre in seiner Geschichte. Sie beginnt erst wieder mit seinem Leben auf der Straße. Im Winter in der Hansestadt, da gibt es Männerasyle für kalte Nächte und die Suppenküche der Heilsarmee. In der wärmeren Jahreszeit zieht er die Elbe abwärts, da wird man nachts und am Tage von der Polizei nicht so oft schikaniert wie in einer großen Stadt.

Ein Gestrandeter, denkt Blum. Was ist in den Jahren geschehen, von denen er nicht spricht. Nach Frau und Kindern fragt er, aber da verdüstert sich nur der Blick des anderen. Der kramt in einer Tasche. Zieht einen gefalteten Zettel hervor und reicht ihn über den Tisch.

„Denk ich oft dran, müsste ein paar Hunderter haben und dann über den großen Teich."

Es ist eine Annonce, aus einer Zeitung ausgeschnitten. Vom Norddeutschen Lloyd Bremen. Und darunter groß gedruckt: Amerika und Australien. „Regelmäßiger Personen- und Frachtverkehr mit eigenen Dampfern", liest Blum. „Anerkannt vorzügliche Unterbringung u. Verpflegung f. Reisende alle Klassen." Geschäftsstellen gibt es in Hamburg, Neumünster, Brunsbüttelhafen und auch in Itzehoe. Frähmke & Hansen in der Feldschmiede 49.

„Weiter Weg in die neue Welt. Na, erst mal nicht bis nach Glückstadt." Der Anwalt gibt den Zettel zurück. Der wird sorgsam gefaltet und wieder eingesteckt. Ein Traum in der Tasche.

Diese Verteidigung würde eine kleine Sache werden. Blum ist dazu entschlossen. Ein Kauz, den man mag. Einer, der sich in seiner Armut noch ein bisschen Stolz bewahrt hat. Vielleicht ist das Schnellgericht bei Amtsgerichtsrat Haage. Mit dem ist zu reden. Dann lässt er eine Vollmacht unterschreiben und notiert sich den Termin vom kommenden Montag.

„Schnellgericht ist, wie der Name schon sagt, für kleine Sachen vorgesehen und soll nicht zu lange dauern. Da geht es *zack, zack*. Große Strafen sind nicht zu erwarten. Wichtig sind ein einigermaßen manierliches Äußeres, keine Frechheiten, Demut schadet nicht, und die glaubwürdig bekundete Hinwendung zu einem besseren Leben lässt Glückstadt wie einen Ort auf einem fernen Stern erscheinen."

„So schön hat mir das noch niemand erklärt. Und mit den Uhren?"

„Mit den Uhren ist das so eine Sache. Aber jede hat ja ihre Geschichte. Die will erzählt werden. Und im Übrigen, vor Gericht und auf hoher See ist alles in Gottes Hand."

„Amen", murmelt Wilhelm Kaiser und verdreht die Augen dabei.

Aber nichts ist umsonst. Blum will auch noch Gewinn aus dem Gespräch ziehen.

„Heute war in der Zeitung zu lesen, einer von euch soll den Lehrer im Hafen erschlagen haben. Der, der die Schuhe des Toten danach anhatte. Darüber will ich was wissen."

„Das ist der Sandmann", sagt Kaiser sofort, „dem haben sie übel mitgespielt. In die Zwangszelle gebracht. Hat er auf dem Hofgang erzählt."

Das war der also. Der einen Wachtmeister angegriffen haben soll. Im Keller gibt es eine sehr selten genutzte Zelle. In der kann ein Gefangener auf einem Eisenbett an Händen und Füßen gefesselt werden. Zur Beruhigung, heißt es. Aber wer ist dieser Sandmann?

Der Sandmann, erzählt sein neuer Klient, wurde im letzten Kriegsjahr in seinem Unterstand verschüttet und war lange Zeit unter Sand und Trümmern. Seitdem ist der wunderlich. Blum versteht sofort. Verschüttet oder erblindet, das war der größte aller Schrecken. Die hatten kein Blut verloren, aber alles andere. Solche Soldaten kamen sofort weg aus der Frontlinie, es gab spezielle Lazarette für die, aber danach waren sie sich selbst überlassen.

„Keiner von uns ist draußen gern mit dem zusammen. Er redet fast nie. Beklaut andere, das stimmt. Schlägt auch. Von einem Augenblick zum anderen bekommt der Tobsuchtsanfälle. Hab ihn aber immer ein bisschen beschützt, ist viel jünger als ich. Wir haben uns immer verstanden, der Krieg war fürchterlich, auf See oder im Graben."

„Und für ein Paar Schuhe würde er einen Menschen erschlagen?" Blum blickt unter den Tisch. Kaiser trägt das Schuhwerk von der Hafennacht, aus dem rechten sieht man Zehen hervorgucken.

„Der Sandmann war es nicht. Es war ja der Riese. Hab ich Dir schon gesagt, Kamerad."

Blum schmunzelt. „Schon viel getankt an dem Abend?"

„Das Trinken gibt mir Klarheit, Kamerad."

17

Der Donnerstag beginnt gut, wenn auch zeitaufreibend. Vor Amtsgerichtsrat Michaelis wird der Fall des angefahrenen Radfahrers verhandelt.

Geständig und reuig ist Blums Klient. Das schon gezahlte Schmerzensgeld wird erwähnt und von dem als Zeugen geladenen Radfahrer bestätigt. Angeklagter und Angefahrener geben sich im Gerichtssaal die Hand, vorher ist eine Entschuldigung ausgesprochen und angenommen worden. Eine Geldstrafe wegen fahrlässiger Körperverletzung steht im Raum. Auch der Staatsanwalt wäre dafür. Die Fahrerlaubnis des

Fuhrunternehmers soll diesem nicht genommen werden, es wäre doch sein Ruin.

Doch Richter Michaelis geht gern den umständlichsten Weg. Er will einen Ortstermin. Ortstermin? Der Unfall soll nachgestellt werden? Nicht ganz, aber er will den Blickwinkel des Fahrers beim Zusammenstoß persönlich feststellen.

Eine Prozession aus Richter, seinem Protokollführer, zwei Anwälten, Angeklagtem und Geschädigtem, beide in aufgeräumtem Gespräch, begibt sich nach draußen. Dort steht das Lastauto. Der Zeuge hat sein neu erworbenes Rad dabei und muss sich mit diesem neben das Auto stellen, so wie damals. Nun schwingt sich der Richter, der keinen Führerschein besitzt, wie Blum bekannt ist, auf den erhöhten Fahrersitz und schaut sich um. Dort verweilt er einige Zeit. Dann muss der Zeuge mit dem Rad verschiedene Positionen, mal weiter vorn, mal zurückfallend, einnehmen. Dann begibt sich die Prozession wieder in den Gerichtssaal. Die Plädoyers werden gehalten. Der Angeklagte, noch nervöser geworden, stammelt ein Schlusswort. Dann geht der Richter zur Beratung mit sich selbst in ein Nebenzimmer. „200 Mark Geldstrafe" lautet sein Urteil. Umständliche Ermahnungen zum sicheren Gebrauch eines Lastkraftwagens bekommt der Fuhrunternehmer dazu. Fahren darf er weiter. Seinem Anwalt gratuliert er dankbar.

Später als gedacht betritt Blum sein Büro. Ihn empfängt eine noch junge Frau in einem schmucken grünlichen Kleid und wie für ein Fest zurechtgemacht. „Das Telefon hat noch nicht geklingelt", sagt sie mit einem freundlichen Lächeln.

Jetzt hat Blum sie erkannt. Clara Hansens Cousine oder Nichte. Sie hatte sich schon vor Tagen vorgestellt. Da sah sie irgendwie unscheinbarer aus. Die nächsten Tage wird sie das Telefon bedienen. Denn die Sekretärin hat schon einen Tag vor der Hochzeit frei, um zu erledigen, was vor dem großen Tag noch zu regeln ist. Einen Tag könnte er den Laden auch allein schmeißen, versprach Blum ihr. Aber Frau Hansen sorgte für Ersatz, übte mit der Cousine oder Nichte das Annehmen und Durchstellen von Telefonanrufen, machte sie mit der kleinen Büroküche, der Post und dem Aktenschrank vertraut.

Ein bisschen plaudern die beiden, dann geht der Anwalt in sein Zimmer. Die Gebührenrechnung des gerade abgeschlossenen Falles muss warten. Auch Freitag und Sonnabend hat Clara Hansen frei. Am Montag kann er dann der neuen Frau Piel diktieren. Die Post wird bald da sein, und drei Akten liegen bereit. Um drei Uhr kommt der Mann mit der Schlägerei und um halb fünf ein neuer Klient. Die Itzehoer Nachrichten locken. Und eine Sanoussi.

Dann ein Summen aus seinem Telefonapparat. Er nimmt ab. Durch den Hörer und die Tür hört man doppelt den lauten Satz: „Ein Herr Hock möchte Sie sprechen, Herr Doktor Blum."

„Um Sie ins Bild zu setzen", sagt Kommissar Mock grußlos, „wir haben van de Los junior und natürlich auch den Herrn Papa für Sonnabend zu einer erneuten Vernehmung geladen. Ihre Anwesenheit ist wie immer freigestellt."

„Was könnte er noch beitragen, die Sache soll doch gelöst sein?"

„Fragen sind noch offen. Vielleicht auch etwas deutlicher zu stellen als beim ersten Mal. Mit etwas mehr nötigem Nachdruck. Denn vor dem Gesetz sind wir doch alle gleich. In den Papieren des Toten fanden wir in der Handschrift des jungen Herren das Zitat ...", einen Moment Schweigen aus dem Hörer, „... Verschlungen ist der Tod vom Sieg. Tod, wo ist dein Sieg. Tod, wo ist dein Stachel. Ziemlich viel Tod für einen Achtzehnjährigen, finden Sie nicht auch, oder?"

„Ich kann Ihnen nicht folgen, Herr Kommissar", sagt Blum.

„Das wundert mich bei Ihnen, Herr Rechtsanwalt. Es ist so selten."

„Haben Sie nicht einen Mann verhaftet, der die Schuhe des Toten trug, wie ein Kainsmal, möchte man fast sagen."

„Der Lump ist auch verdächtig und erfreut sich unserer besonderen Aufmerksamkeit. Aber er schweigt verstockt."

Das Wort *auch* ist bei Blum hängengeblieben.

„Hat die Staatsanwaltschaft schon einen Haftbefehl beantragt. Wegen Landstreicherei wird die Haft ja wohl nicht mehr lange dauern?"

„Unsere wie immer gründlichen Untersuchungen dauern an. Mehr sage ich Ihnen, wenn Sie mir eine Vollmacht des Mannes vorlegen könnten."

Blum drückt die Zigarette aus. Einen unvorhergesehenen Angriff muss man leerlaufen lassen und kontern können. Wie kann er Interesse für einen eifersüchtigen Rittmeister in diesem Fall wecken?

„Sind Ihnen bei der wie immer gründlichen Durchsicht der persönlichen Sachen des Toten dort Damenbekanntschaften aufgefallen, Korrespondenzen, Geschenke pp?"

„Damenbekanntschaften?", fragt Mock.

„Bekanntschaften, näherer und enger Art, die ein junger Lehrer geknüpft hat. Vielleicht nicht immer zur Freude von Vätern oder auch Ehemännern."

Für einen Augenblick denkt Mock an die eigentlich für ihn schon ein wenig schweinischen Aktzeichnungen, die in den Asservaten auf seinem Schreibtisch liegen. Doch er sagt nur: „Ich kann Ihnen nicht folgen."

„Das wundert mich bei Ihnen. War nur so ein Gedanke, der auch die Hiebe am Körper des Toten einbezieht. Wir sehen uns dann übermorgen."

Mock legt den Hörer auf. Was weiß der Herr Anwalt? Oder will er nur auf den Busch klopfen. So eine Spur haben wir nicht. Ein Ablenkungsmanöver? Ein Advokatentrick? Der Kommissar denkt nur kurz darüber nach. Er würde schon gerne wissen, wer dort Modell gesessen hat. Welcher Frauenname ist mit dem Buchstaben „M" abgekürzt? Eine Frau aus Itzehoe, könnte aber auch älteren Ursprungs sein. Damenbekanntschaften. Verwirren lässt der Kommissar sich nicht. Schon immer nicht ganz koscher, dieser Blum.

Nun ruft der Anwalt selbst Marcus van de Los in seinem Firmenbüro an. Sie vereinbaren für Freitag früh eine Besprechung mit Hinni in Blums Büro. Vorbereitung ist für die Nachvernehmung sehr wichtig.

Dann geht er kurz die Itzehoer Nachrichten durch, in denen der Tote in der Störschleife mit keiner Zeile erwähnt wird. Groß aufgemacht ist ein Tresoraufbruch im größten Kaufhaus der Stadt. In der Nacht fand der statt, Tageseinnahmen wurden gestohlen, nach dem Täter wird gefahndet. So ein Verbrechen ereignete sich zum ersten Mal in Itzehoe. Es folgt das Durcharbeiten von zwei Akten. Dann ist Zeit für Laage.

Brixen ist ungewohnt verspätet. Blum löffelt schon die Fischsuppe. „Morgen ist Hochzeit", sagt er.

Doch mit dieser Nachricht ist sein Freund nicht zu überraschen. „Ich hoffe, Deine tüchtige Sekretärin bekommt einen anständigen Mann, der nicht nur ihren vorzüglichen Kaffee zu schätzen weiß."

Warme Suppe ist bei heißen Außentemperaturen nicht das allerbeste Gericht, aber sie schmeckt beiden. Bei Laage sind zum ersten Mal die Fenster geöffnet. Aber die Luft steht. Unter dem missbilligenden Blick von Brixen hat Blum seine Anzugjacke ausgezogen. Ihren Absinthabend hat er gut überstanden. Die zweite Flasche aber tief in seinem Weinkeller verstaut. Die angebrochene Flasche war bei Blum geblieben.

„Margaretha kannst Du sagen, dass ihr Neffe am Sonnabend noch einmal bei der Polizei aussagen muss. Ich hoffe, dann ist alles überstanden."

„Hat man nicht einen unserer Trinkkumpane aus dem Hafen verhaftet. Der den Lehrer wegen seiner Schuhe, nur wegen seiner *Schuhe*, erschlagen hat?"

„So ganz sicher ist das wohl noch nicht. Gibt es denn Neues vom Rittmeister?"

„Nicht von meiner Heimatfront. Ich stelle aber selbst Ermittlungen an."

„Im Herrenklub?"

„Es wundert Dich vielleicht. Aber auch Eigentümer von speziellen Etablissements brauchen gelegentlich anwaltlichen Rat und Hilfe. Vertraulichkeit natürlich vorausgesetzt."

„Natürlich", sagt Blum und bestellt nur noch einen Kaffee.

„Gestern war ich im Gefängnis. Einer der verhafteten Landstreicher hatte um einen Besuch gebeten. Ein kleiner Fall der Gattung ‚Außer Spesen nichts gewesen'. Aber ein interessanter Plauderer."

„Haben die alle was mit dem toten Lehrer zu tun?"

„Vielleicht ja nicht mal der eine. Denn einen Haftbefehl gegen den gibt es wohl noch nicht. Und das wundert mich sehr."

Nicht ganz ernsthaft macht Blum den Vorschlag, Brixen könne doch den einen oder anderen Landstreicher verteidigen. Vor Gericht kämen sie alle. Doch der will nicht. Seine Geschäfte gingen schlechter als früher, aber so was sei nun wirklich nichts für ihn.

Auf dem Rückweg trägt Blum das Jackett über die Schulter geworfen. Es ist wirklich sehr warm. Fast schwül. Gewitterwetter. Von seinem Vorhaben hat er Brixen nichts erzählt. Das kommt früh genug. Und gefragt hat der auch nicht.

Im Büro lobt er Frau Prieß, der Name ist ihm rechtzeitig wieder eingefallen. Es gab einen Anruf. Sie hat eine umfangreiche Notiz dazu gemacht.

Die 15-Uhr-Besprechung ist im Gesicht nicht mehr lädiert. Der Inhalt der polizeilichen Akte aber nicht günstig. Zwei Zeugen sagen, er habe seinen Kontrahenten erst mit Worten beleidigt und dann mit Fäusten traktiert. Post ist wenig gekommen, und Frau Prieß hat die Akten dazu alle gefunden. Auch dem neuen Klienten kann geholfen werden. Eine Brandstiftung in seinem eigenen Lager wird ihm vorgeworfen. Die Feuerkasse will deshalb vorerst nicht zahlen. Gegen sechs ist Büroschluss. Frau Prieß muss mit dem Fahrrad in den Kremper Weg.

Als er geht, kommen die ersten Donnerschläge. Noch von ferne. Blum schafft es trockenen Fußes nach Hause. Es donnert nun stärker, regnet aber immer noch nicht. Verdunkelt hat es sich aber. In der Werkstatt tagt die Malgruppe, und es ist Licht angemacht. Blum wartet und zieht sich bequemer an. Er sitzt in der Küche.

Plötzlich geht die Werkstatttür auf. Die Malschüler kommen in zwei Gruppen heraus. Einen Schirm hat natürlich keiner. Jetzt wird es knapp für jeden, der nicht durchnässt bei sich zu Hause ankommen will.

Blum geht rüber. Agnes sortiert Malsachen. Sie hat einen grauen Rock an und eine rote Bluse. Sie lächelt, kommt ihm aber nicht entgegen. Er geht zu ihr. Ein sehr langer Kuss. Dann zeigt sie ihm, was Gegenstand der Malstunde war: Portraitzeichnen. Agnes als Modell. Die Bilder von sehr unterschiedlicher Qualität. Alle sind an einer Holzverkleidung nebeneinander aufgehängt.

Ein ganz lauter Donner kündigt den großen Regen an. Der prasselt jetzt auf das Dach und klatscht an das Fenster. Die Deckenlampe flackert kurz. Viel ist noch nicht gesprochen worden.

Sechsmal Agnes mit schlechten Proportionen, merkwürdigen Augenpartien, zu großen oder zu kleinen Ohren, seltsamer Nase und ernstem Blick. Einmal Agnes auf der alten Hobelbank sitzend, mit den Beinen pendelnd und einem Lächeln.

Das ist nun der Augenblick, denkt Blum. Einmal im Leben.

18

Die Gaststätte „Freudenthal“, nahe der Schweinemarkthalle, ist nicht die erste Lokalität der Stadt. Natürlich nicht so vornehm wie der Hamburger Hof am Rathaus. Aber für die Hochzeitsfeier der schon am Vormittag standesamtlich getrauten Eheleute Clara und Wilhelm Piel der richtige Ort. Schließlich sind die Zeiten schlecht, und für beide ist es nicht das erste Mal.

Für 30 Personen ist im kleinen Saal an zwei langen Tischen gedeckt. Die Brautleute und engste Angehörige werden an einem Tisch an der Stirnseite sitzen. Jetzt, kurz nach acht, stehen aber noch alle Gäste. Neben der Eingangstür ist ein kleinerer Tisch mit einem großen Blumenstrauß und vielen noch unausgepackten Geschenken. Blum und Agnes bahnen sich den Weg zum Gratulieren. Der gute graue Anzug ist genau die richtige Kleidung, alle Herren haben nach ihrem besten Stück im Kleiderschrank gesucht oder den von der Frau herausgelegten angezogen.

Auch Wilhelm Piel trägt einen blauen Anzug und eine silberfarbene Krawatte. Der Anzug sitzt sehr stramm. Kaum wiederzuerkennen, denkt Blum. Im Dienst als Gerichtswachtmeister in der grünen Uniform, so kennt er ihn seit Jahren. An seiner Sekretärin fällt sofort die ungewohnte Frisur auf, die leicht rötlich-blonden Haare fallen nicht wie sonst, sondern sind zu Locken geworden. Ihr Kleid ist hellblau und hat eine kleine rote Schärpe. Solche Ohrringe hat sie im Büro noch nie getragen.

Jetzt sind die beiden an der Reihe. Blum spricht seine Glückwunsche aus, drückt die Hand. Aber das ist noch nicht genug. Er umarmt die glückliche Braut, was fest erwidert wird. Agnes schüttelt schon dem Gatten die Hand. Blum will noch sagen, „Meine …“ Aber dann drängen schon andere heran. Schnell gibt er Piel die Hand. Agnes umarmt seine Frau. Sie legen ihr Geschenk zu den anderen.

Das Platzieren der Gäste ist auf Feiern eine wichtige Aufgabe, die gut geplant und mit Fingerspitzengefühl angegangen werden will. An einem langen Abend muss genügend Gesprächsstoff der Tischnachbarn zur Verfügung stehen, oft lange zurückliegende Animositäten sind zu berücksichtigen und Verwandtschaftsgrade, die einem Platz nahe der Gastgeber erfordern. Blum und Agnes gehen die Tische ab, auf denen Namenskarten stehen. Sie sitzen fast am Ende, auf der rechten Seite.

Zwei Paare sitzen da schon. Man begrüßt sich. Die Männergesichter kennt er. Auch Justizwachtmeister. Noch ein Paar kommt, den Mann kennt Blum ebenfalls. Diesmal sagt er zur Vorstellung: „Meine Verlobte“. Agnes bekommt eine tiefe Verbeugung. Etwas weiter zur Stirnseite hin, das sind Schwägerin und Schwager von Clara Piel. Das weiß die Frau des einen Wachtmeisters. Wein- und Bierflaschen stehen schon bereit. Jetzt kommen große Suppenterrinen, und es wird ruhiger im Saal. Klare Suppe oder Spargelsuppe. Blum wäre beides recht. Es ist Ochsenschwanzsuppe, viel Brühe mit kleinen Fleischstückchen.

Die Suppe schmeckt gut. Agnes hat sich schon als Kunstlehrerin vorgestellt. Die Kinder von einem Paar sind bereits aus der Schule. Blum schenkt den Damen Wein ein. Einer der Wachtmeister öffnet Bierflaschen für alle. Überall Gespräche, der Lärmpegel steigt wieder.

Beim Brautpaar sitzen die Schwester von Clara und ihr Mann, neben dem Bräutigam seine Kinder.

In einer Ecke entdeckt Blum zwei Akkordeons. Die Musikanten tragen beide weiße Hemden ohne Jacke und stärken sich auch erst mal an der Tafel.

Dann werden die Suppenterrinen wieder abgeholt, und Wilhelm Piel schlägt an sein Glas. Eine Hochzeitsrede ist eine Kunst, da kann manche Peinlichkeit aufkommen, fürchtet Blum. Und wird angenehm überrascht. Kurz ist die Rede und warmherzig. Vom Glück, dass noch einmal gekommen ist. Viel Spaß und Freude wünscht er allen, in schweren Zeiten. Es gibt viel Beifall und ein allgemeines Prosit auf das Brautpaar.

Von der Geschichte der Anbahnung dieser Ehe kennt Blum vieles aus allererster Hand. Clara Hansen war mit 25 Jahren Kriegerwitwe geworden, ohne Kinder, nur mit einer spärlichen Rente. Jetzt ist sie im 40. Lebensjahr. Wilhelm Piel ist gut über 50 und seit Jahren verwitwet. Seine beiden Kinder sind erwachsen. Die Sekretärin eines Anwalts hat oft Gänge zum Gericht zu erledigen. Clara träumt sich gern in die Welt der Kinofilme, besonders in die mit Willy Fritsch. Wilhelm Piel wird auf den Gerichtsfluren oft mit „Harry Piel" geneckt, das ist ein sehr populärer Filmstar. Und eines Tages fragt sie ihn, ob sie nicht gemeinsam ins Kino gehen wollen. Natürlich in einen Harry-Piel-Film. So hatte es wohl angefangen. Clara Hansen war das zuzutrauen.

Nun steht schon Schweinebraten auf dem Tisch mit brauner Soße, Rotkohl und dampfende Kartoffeln. Eine neue Runde Bierflaschen wird geöffnet. Agnes ist mit den Frauen bei den Herkunftsorten.

Eine ist aus Itzehoe, eine von der Halbinsel Eiderstedt.

„*Veel to don?*“, wird Blum gefragt. Und er bejaht, viel zu tun im Büro. Und auf dem Gericht doch auch.

Ihr Gehalt soll eingefroren und vielleicht sogar gesenkt werden, sagt der eine Wachtmeister. Bei vielen Beamten sei das geplant. Der raucht die Zigarettenmarke *Neue Front*, mit den Uniformbildern drin zum Sammeln.

Läuft alles falsch in Deutschland, meint der andere. Da muss aufgeräumt und Neues gebaut werden. Ist ja bald Wahl, da sollen die alten Parteien mal sehen. Und die Reparationen müssen aufhören, das versklavt das deutsche Volk auf Generationen. Und keinen Krieg, sagt Blum. Ohne den gäbe es auch keine Reparationszahlungen an die Siegermächte des Weltkrieges. Der jüngere der beiden Wachtmeister sagt erst mal nichts. Der ältere will ein Gespräch beginnen über die Soldatenzeit, nennt die Orte der Schlachten, an denen er teilnahm. „Warum sind Sie nicht im Kriegerverein? Gute Kameradschaft und manchmal interessante Vorträge.“ Nein, Blum ist nicht dabei. Seine Schlachten sind alle geschlagen.

Agnes erlöst ihn, lächelt und fragt, wie es ihm schmeckt. Die Wachtmeister sprechen unter einander. Ob Clara bei ihm weiterarbeiten wird, fragt eine der Frauen. Das hoffe er doch stark, ist Blums Antwort. Was soll er ohne sie machen. Etwas bange hatte er selbst diese Frage vor Wochen gestellt. Aber Clara

Hansen sagte, sie habe das Büro von Anfang an geschmissen, und das bleibe auch so.

Zum Nachtisch gibt es kein Eis, wie bei der Jahreszeit zu erwarten, sondern Blechkuchen. Auch große Kaffeekannen werden serviert. Wohl nicht ganz billig, der heutige Abend. Es ist aber gut, sich an solchem Tag etwas zu gönnen.

Während noch Kaffee und Kuchen zugesprochen wird und Schnapsflaschen auf den Tisch kommen, beginnen die Musikanten zu spielen. Erst mal nur als Hintergrund. Schnaps will Blum heute gar nicht, die Tasse Kaffee tut aber gut. Agnes hingegen lässt sich von einem der Tischnachbarn zu einem kleinen Glas Köm überreden. Ihr Weinglas ist noch halb voll. Die eine Tischnachbarin erklärt ihr das Rezept von *Dithmarscher Mehlbüdel*. Süßer Teig wird in einen Leinenbeutel gefüllt und zusammen mit Kassler Bauch im Wasserbad eine Stunde gekocht.

Blum blickt in die Runde. Die Stimmung ist gelöst. Sonst kennt er keinen der Anwesenden. Nur Frau Prieß natürlich, die sitzt mit ihrem Mann schräg gegenüber und hat schon gewunken. Morgen ist sie noch mal da.

Dann kommt Bewegung in die Hochzeitsgesellschaft. Die Brautleute bekommen ihren Tanz. Alle sind aufgestanden. In der Mitte des kleinen Saales ist ein Rechteck, das ist die Tanzfläche. Jetzt müsste ein Walzer gespielt werden. Aber nicht für Clara Piel. Das ist doch ein Schlager, von Willy Fritsch, den singen viele gleich mit. *Das gibt's nur einmal, das kommt nicht wieder. Das ist zu schön, um wahr zu sein.*

Die Braut scheint zu schweben, der Bräutigam müht sich eher tapsig, alle klatschen den Takt.

Dann gibt es doch als nächstes einen Walzer. Jetzt tanzen viele. Auch Blum und Agnes. Die schwebt auch, war aber nicht wie Blum bei der Tanzschule Paulsen. Dort hat er etwas fürs Leben gelernt. Jetzt trinkt Blum doch noch ein Bier. Dann wird er die Tischdamen auffordern müssen, Frau Prieß und bei Gelegenheit natürlich die Braut.

Bald braucht Blum frische Luft. Er geht nach draußen und steckt die Sanoussi schon vorher an. Auch Wilhelm Piel steht mit anderen vor dem Lokal und hat eine kleine Zigarre geraucht. Beim Reingehen wird Blum dessen Schwager vorgestellt. Der streikt bei SIHI. *Harde Tiden.* Ja, wirklich harte Zeiten. Mit dem trinkt er dann doch noch einen Schnaps, und weil man nicht auf einem Bein stehen kann wie ein Flamingo, noch einen zweiten.

An morgen muss jetzt nicht gedacht werden. Und Agnes spricht gerade mit Clara. „Richtig schönes Fest", sagt er, und dann ist Zeit für ihren Tanz. Einen langsamen Walzer. Ob denn auch alles klappt, wird er besorgt gefragt. Und Blum sagt: „Machen Sie sich man keine Sorgen, Frau Piel" und beide lachen lange, weil der Name noch so ungewohnt ist.

Die Kapelle ruht sich aus. Alle sitzen wieder. Und was hat Agnes vor? Sie steht auf, geht zu den Musikern, spricht kurz mit ihnen und schnallt sich eines der Akkordeons um. Es wird ruhig. Hoffentlich nicht diese anzüglichen Lieder, denkt ihr Verlobter. Dann spielt und singt sie ein leises plattdeutsches Lied. *Dat du min Leevsten büst*. Blum versteht als Stadtkind nicht alles in dieser Mundart, es geht um Liebende und einen Besuch in der Nacht. Es klingt aber sehr schön. Die Hochzeitsgäste klatschen danach wie verrückt.

19

Kurz vor zehn ist Blum im Polizeipräsidium. Vater und Sohn van de Los sitzen schon vor dem richtigen Dienstzimmer. Gestern hatten sie sich zu dritt noch einmal besprochen. Punkt zehn holt Mock sie rein. Macht einen Diener vor Marcus van de Los bei der Begrüßung, aber die Augen lauern. Keine große Runde heute. Staatsanwalt Rohwedder fehlt. Assistent Braun führt eigenhändig das Protokoll.

Auf Mocks Schreibtisch liegen eine aufgeschlagene Akte und zwei Stapel Papier. Er blickt sich kurz in der Runde um und beginnt.

„Es haben sich zum Vorfall noch weitere Fragen aufgetan. Sie zu klären, ist heute Gelegenheit. Eine Nachvernehmung nennen wir das. Oder auch: Hosen runter. Mit Verlaub, auf gut deutsch. Über die Wahrheitspflicht des Zeugen wurden Sie ja schon belehrt. Erst mal möchte ich Ihnen, Herr Hinrich, einige Vorhalte machen, unsere Sicht der Dinge."

Dann folgt eine kurze Pause und ein Blick in die Akte. Mock wartet immer gern, das steigert die Nervosität. Und er blickt Hinni van de Los ins Gesicht. Die Kriminalpolizei habe nun ein klareres Bild von der Beziehung des Toten zum Zeugen. Das Wort „Zeuge“ spricht der Kommissar herablassend aus. Das Verhältnis sei wohl für Lehrer und Schüler, jetzt ehemaliger Schüler, recht ungewöhnlich gewesen. Irgendwie schwärmerisch, merkwürdig eng. Er blättert in der Akte und nennt die Namen der Zeugen Butenschön und Alexander, auch Abiturienten und Teilnehmer von regelmäßigen Zusammenkünften mit dem Verstorbenen.

Hinnis Gesichtsknochen mahlen, aber er sagt nichts.

Mock fährt fort. Dann habe sich das Verhältnis wohl abgekühlt. In dem hiesigen Café Wienert soll es vor drei Wochen eine unschöne Szene gegeben haben, sagen unsere Zeugen aus. Es wurde dort laut. Und vor 10 bis 14 Tagen, sagen andere unserer Zeugen, gab es dann Streit in einem Raum des Künstlerhauses. Lauten Streit. Hysterisch hätte der Herr van de Los geschrien. Und dabei blieb es nicht. Es wurde ein Gegenstand auf den Lehrer geworfen. Und dieser packte unseren heutigen Zeugen und warf ihn unsanft aus diesem Künstlerhaus. „Das wirst Du bereuen“, erinnere sich ein Augenzeuge an die Reaktion des unsanft Herausgeworfenen.

„Und nun zu dem Abend des 25. Juni und der folgenden Nacht.“ Mock blättert wieder, obwohl er die Akte sicherlich auswendig kennt.

Nach den Ermittlungen soll es in der Gaststätte „Panoptikum“ und später draußen weiteren Streit gegeben haben. Dazu hätte die Polizei eine Reihe von schon erfolgten Aussagen. Regelrechte Zornausbrüche, besonders im Hafen, wurden bekundet. Wohl hat auch der Tote mit Worten Öl ins Feuer gegossen. Herr Butenschön junior nimmt auf seine Wahrheitspflicht, dass er eingeschlafen war, als Herr van de Los und der Herr Passigk noch wach waren. Dieser lebte dann ja nicht mehr lange.

Der Junge ist errötet und hält den Kopf gesenkt. Sein Vater blickt starr auf den Beamten. Blum ist unbehaglich. Mock kommt zum Finale.

„Wir haben Briefchen ausgewertet mit Todesbezug und in Ihrer Handschrift. Nun fragen wir Sie …“, er hält inne, aber Hinni hebt den Kopf nicht, „… was passierte ab Mitternacht. Gingen die Provokationen des Schulmeisters weiter? Sie werden als zornig beschrieben und waren glaubhaft stark betrunken. Ging Zorn in Handgreiflichkeiten über, wie schon zuvor? Kam es zu einem erneuten Angriff? Der Körper des Toten weist ältere Schlagspuren aus. Was geschah, Herr van de Los?“

Hinni blickt zu Blum. Der sagt: „Ihr kleiner Aktenvortrag, Herr Kommissar, ist eher das Vorspiel für Fragen an einen Verdächtigen, nicht an einen Zeugen.“

„Das wollen wir doch alle gemeinsam klären. Deshalb sitzen wir hier. Die Polizei spielt mit offenen Karten. Das erwarten wir auch von Ihrer Seite. Oder wollen Sie das Schweigerecht eines Beschuldigten reklamieren. Das müsste dann allerdings umgehend zu Protokoll genommen werden.“

In die Falle tappt Blum nicht. Er hat es übernommen, die Aussage seines Klienten abzugeben. Ärgerlich, dass einiges Belastende ihm wieder verschwiegen worden war.

Blum ist dran. Es gab zwischen den beiden, von denen hier die Rede ist, eine gute Verbindung, wie ein an Jahren noch junger Lehrer sie zu einem Schüler haben kann. Gemeinsame Interessen waren die Grundlage, besonders alles, was mit Kultur zu tun hat. Aber es gab niemals einen Streit, der ein tragisches Ende genommen hätte. Meinungsverschiedenheiten nur, die auf die Einhaltung von Versprechen ganz privater Natur gerichtet waren. Mit der Impulsivität der Jugend geäußert.

„Ihre Zitate, auch beim letzten Mal, sind Zitate von Goethe, unserem Heimatdichter Liliencron oder aus der Bibel. Literarische Interessen haben Lehrer und Schüler verbunden. Man muss die Worte auslegen und nicht an ihrem Wortsinn haften. Literatur hat mit Phantasie zu tun."

Mock schmunzelt. Hinni blickt jetzt auf. Sein Vater behält seinen starren Blick. Blum fährt fort.

„Was den tragischen Abend im Hafen betrifft, verlief dieser in einer aufgekratzten und alkoholgeschwängerten Atmosphäre, für einige Zeit war ich in der Kneipe selbst zugegen. Herr Passigk nahm die Bitte an, mit nach draußen zu kommen. Auch dort war die Stimmung gut. Man redete zusammen. Der starke Alkoholgenuss führte bei Herrn van de Los schnell zu einem ohnmachtsähnlichen Rausch, und er schlief ein. Sein letztes Bild ist, dass der Lehrer und der junge Herr Butenschön weiter sprachen. Mehr weiß er nicht, und Sie können versichert sein, er hat in den letzten Tagen intensiv nachgedacht."

„Das ist so viel wie bei der ersten Aussage", sagt der Kommissar.

„Mehr kann es nicht geben", antwortet der Anwalt. „Ich kenne nicht die Akte wie Sie, aber der Tod soll durch einen Sturz herbeigeführt worden sein. Blut- oder Kampfspuren gibt es bei meinem Klienten nicht."

„Aber eine Handverletzung", wirft Mock ein.

„Deren Herkunft angegeben wurde und für die es Zeugen gibt, die zu vernehmen Sache der Polizei ist."

„Im Übrigen", Blum will offensiver werden, „gibt es ja in Gewahrsam einen Verdächtigen, der am Orte war und ein Motiv hatte, wenn auch das banale des Raubes eines Paares Schuhe."

„Auch darauf richtet sich unser Augenmerk. Aber wir an der Küste kennen ja die Geschichten von den Strandräubern, die ein gestrandetes Schiff ausplündern. Vielleicht war das Lebensschiff des jungen Lehrers schon gestrandet."

Blum ist mit dem Ablauf der bisherigen Vernehmung ganz und gar nicht zufrieden. Hinni blickt in die Runde. Aber nicht zu seinem Vater. Mock ist noch nicht fertig.

„Noch eins. Daraus mögen Sie auch ersehen, wie offen wir mit Tatsachen umgehen. Am Tatort wurde die zerbrochene Schnapsflasche gefunden, die mitgeführt worden war. Sie hatte Blutanhaftungen. Nicht des Toten. Er hat sie, da sind wir überzeugt, im Todeskampf gegen den Angreifer geführt. Die Blutgruppe ist heutzutage in kurzer Zeit zu bestimmen. Das wäre für uns ein wichtiges Indiz. Bei Butenschön gab es keine Übereinstimmung."

„Ich war nicht verletzt", sagt Hinni.

„Mein Sohn wird ebenfalls Blut abgegeben", sagt sein Vater plötzlich.

Jetzt ist Mock schnell. Das Protokoll wird kurz und dann unterzeichnet. Blum will, dass auch reinkommt, dass sein Klient – außer an der Hand – keine Verletzungen hatte. „Gut", sagt Mock. „Aber das ist jetzt auch schon zwei Wochen her." Dann kommt auch die Adresse des Tennislehrers ins Protokoll.

Bei der Verabschiedung sagt der Kommissar knapp: „Halten Sie sich bitte weiter zu unserer Verfügung. Und melden Sie sich Montag bei Obermedizinalrat Schmidt-Kamphaus, er ist instruiert."

Vor dem Gebäude gibt Hinrich van der Los Blum zur Verabschiedung eine schlaff-schweißige Hand. Mit dem Vater tauscht der Anwalt einen festen Händedruck. „Dinge ziehen sich und sind unangenehm. Nicht einfach für die Beteiligten. Ich hoffe, die nächste Woche kann endgültige Klarheit bringen."

Nachdem Braun das Zimmer verlassen hat, widmet Mock sich noch einmal allen Unterlagen. Ein unangenehmer Fall bleibt das, kein Verdächtiger, der zu packen ist. Der junge Mann lügt und verschweigt vieles. Der kann zornig werden. Er schreit, er wirft Gegenstände, warum nicht ein Schlag, bei dem das Nasenbein des Paukers bricht und dieser stürzt.

Schädelfraktur steht im Protokoll der Ärzte. Das muss der Zuckerprinz nicht gewollt haben. Und er war der Letzte, der mit dem Toten sprach. Diese halbe Portion Butenschön, der hat nicht gelogen. Der konnte einem ins Gesicht blicken. Und der hat Blutgruppe B.

Er zieht die Untersuchungsergebnisse aus dem einen Stapel. Der Tote hatte auch Blutgruppe B, und an der Flaschenscherbe war A. Zum Überführen des Täters reicht das allein nicht, nur mit allen Indizien zusammen. Gibt ja nur vier Blutgruppen. Aber wer nicht Blutgruppe A hat, der ist raus. Der kann nicht der Mörder sein.

Dem Landstreicher haben sie mit Billigung des Gerichts zwangsweise Blut abgenommen. Nicht vor nächster Woche liegt der Befund vor. Dem sah man gleich die Verrücktheit an. Hat dann im Gefängnis Radau geschlagen und einen Beamten verletzt. „Aufenthalt mitteilen" steht im Fahndungsbuch. Bei dem Gericht in Rendsburg hat er gleich angerufen und sich dann die Akte kommen lassen. Der ist faktisch entmündigt. Irgendein Kriegsschaden. Die Fachwörter verstand er am Telefon nicht. Versehrtenrente bekommt der. Wegen Gewalttätigkeiten und Übergriffen wurde er mehrfach festgenommen. Aber keine Verurteilung folgte. Fest eingesperrt gehört der, Mock schüttelt den Kopf. Der hat den Freifahrtschein, den § 51, schuldunfähig wegen Geisteskrankheit. Der könnte morden, ohne schuldig gesprochen zu werden. Aber einen Haftbefehl kriegen wir. Noch heute, spätestens Montag. Mit den

Schuhen und den Verletzungen, die er hat, wenn vielleicht auch ältere. Und der schweigt seit Tagen. Noch nie hat einer bei Mock so lange geschwiegen. Außer dem, der seinen alten Vormund erwürgt hat. Auch ein gefährlicher Verrückter.

Frau Prieß hat Kaffee gekocht. Blum riecht es wohlwollend. Sie sprechen von gestern. „Ihre Verlobte“, sagt sie, „das war so ein schönes Lied, alle haben davon gesprochen.“ Dass es eine schöne Hochzeit war, findet er auch.

Seine Aushilfssekretärin hat noch ein Anliegen. „Ein guter Freund von meinem Mann aus dem Arbeitersportverein, Willy Stammer, der hat Scherereien, ob der mal zu Ihnen kommen kann?“

„Ich bin nur für Scherereien mit Polizei und Gericht zuständig. Geht es darum?“

„Der hatte mit zwei anderen geklebt, Plakate zur Reichstagswahl, in der Stadt, nicht bei uns am Kremper Weg. Da kamen Braune, und dann war fix was los. Polizei war schon bei ihm.“

„Na gut“, sagt Blum und gießt sich Kaffee ein. „Tragen Sie einen Termin im Kalender ein, und dann soll er mal kommen.“

Mit der dampfenden Tasse geht er in sein Zimmer. Der Briefträger war schon da. Nichts Wichtiges ist dabei. Heute will er nicht mehr so lange arbeiten. Es war spät geworden.

Kann Hinni es getan haben? So denkt Blum nicht gerne über seine Fälle. Fakten soll ein Anwalt bewerten, bekämpfen oder entlastend vorbringen. Warum macht es ihm der Junge so schwer. Das ist dumm, denn heute ist es nicht gut gelaufen. Über manche negativen Dinge wusste Mock gut Bescheid und er nicht. Und das Verhältnis zum Toten, das bleibt unverständlich. Manchmal sind der Schlag mit der Faust, der Stoß mit einem herumliegenden Messer nur einen Augenblick entfernt von einem tödlichen Ausgang. So etwas gab es. Auch wenn niemand das gewollt hat. Die Handverletzung würde geklärt werden. Hoffentlich auch die Sache mit der Blutgruppe.

Eigentlich müsste er noch bei Margaretha anrufen. Aber dazu ist er nicht in Stimmung. Das hat Zeit bis morgen. Und dann soll sie auch noch klären, ob ein gewisser gehörnter Ehemann Verletzungen hat. Wie bekommt er den Rittmeister endlich in die Akte?

Blum geht dann auch bald. Frau Prieß wird mit Dank in den Feierabend geschickt. Der Abend gehört Agnes. Der frühe Abend seinem Schachpartner Gerd Feldhusen. Dessen Vater war Apotheker, und der Sohn wurde deswegen in der Schule nur „Pille" genannt. Wie immer spielen sie zwei Partien, schweigend, das gehört zum Ritual.

Diesmal sagt Blum aber dann doch am Anfang in die Stille des Raumes hinein: „Ich habe mich verlobt."

„Glückwunsch", antwortet sein Gegner nach einiger Zeit. „Glück in der Liebe, Pech im Spiel." Beide Partien gehen verloren.

20

Sonnenschein begleitet ihren frühen Aufbruch am Sonntagmorgen. Brixen fährt seinen Adler Favorit, Blum an seiner Seite vorn, Margaretha und Agnes sitzen hinten. Auf der Landstraße ist wenig Verkehr, es sind aber viele Kilometer bis Hamburg. Sie kommen durch Horst und Kiebitzreihe, in Tornesch läuten die Glocken zum Sonntagsgottesdienst. Dann lassen sie Pinneberg hinter sich.

Die Unterhaltung ist angeregt. Der schwangeren Margaretha geht es gut. Der Rahmen des Besuches in Hamburg steht. Um viertel nach elf beginnt der Vortrag von Rose Schapire über den Existenzialismus am Beispiel von Karl Schmitt-Rottluff in der Kunsthalle. Die Herren werden die Damen danach abholen. Das Mittagessen soll im Alsterpavillon stattfinden, da hat man eine so schöne Aussicht. Und er liegt nur wenige Minuten entfernt vom Dammtorbahnhof. Von dem geht es für Agnes und Margaretha per Bahn um 14 Uhr 23 zurück nach Itzehoe. Die Herren haben dann noch etwas vor.

„Ganz entzückend, schlicht und schön der Ring, meinen herzlichen Glückwunsch“, ruft Frau von Brixen während der Fahrt plötzlich. „Überraschend kommt es ja wohl nicht“, sagt Agnes. Im Fond des Wagens wird sich umarmt.

„Wir haben uns übrigens verlobt“, sagt Blum daraufhin zu Brixen. „Wahrscheinlich wusste es außer mir schon die halbe Welt“, antwortet sein Freund. „Dir kann man wirklich gratulieren, Johannes

Blum.“ Und mit lauter Stimme ruft er nach hinten: „Und Ihnen … Agnes gratuliere ich auch. Seien Sie schön streng mit ihm. Er braucht das.“

„Ich hab da so meine Methoden, Zuckerbrot und Peitsche“, ruft sie lachend zurück.

Auf der breiten Kieler Straße und noch weiter im Inneren der Stadt wird der Verkehr dichter. Taxidroschken sind unterwegs, Straßenbahnen und viel mehr Automobile als in Itzehoe. An der Universität fahren sie vorbei, am Dammtor und dann über die Lombardsbrücke. Ganz in der Nähe des rötlichen Baus der Kunsthalle ist die Fahrt vorbei.

Nach dem Aussteigen hakt Margaretha sich bei Blum ein und lässt ihren Mann und Agnes vorausgehen.

„Mit Hinni und Marcus habe ich schon gestern telefoniert. Wird es denn nicht bald aufhören. Man soll doch den Mörder von Passigk verhaftet haben, unter den Landstreichern, heißt es.“

„Sicher ist das noch nicht. Es wird aber wohl einen Haftbefehl gegen einen von ihnen geben. Das ist mein Stand. Und was Deinen Neffen betrifft …“

Am Fuß der großen Eingangstreppe muss Margaretha einen Augenblick Luft schnappen. Überhaupt erstaunlich, was sie sich zumutet. Aber Agnes ist bei der Zugfahrt ja dabei.

„… was also Deinen Neffen betrifft, er kann sich kommende Woche durch eine Blutprobe hoffentlich endgültig entlasten. Sein Verhältnis zum Toten ist aber nach wie vor verwirrend. Und er verschwieg wieder einige Vorfälle.“

„Vorfälle?"

„Streit mit dem Lehrer. Der mit Zornausbrüchen und dem Werfen von Gegenständen einherging. Nicht gut, das erst von der Polizei zu erfahren."

„Dieser Kerl. Nichts Schlechtes über Tote, aber er hatte Macht über mehr als einen Menschen. Zu deren Schaden."

Beide sind jetzt im Foyer der Kunsthalle eingetroffen. Der Vortrag beginnt in einer Viertelstunde. Margaretha geht auf die Toilette. Danach setzt sie sich mit Blum auf eine Bank. Agnes und Brixen sind im fröhlichen Gespräch.

Margarethas Hand liegt auf Blums Arm.

„Von dem andern bedauernswerten Geschöpf soviel. Sie hat, was ihr nicht leicht fiel, ihren Mann direkt gefragt, ob er was mit dem Tod des Lehrers zu tun hat."

„Und?"

„Es war, so erzählte sie mir, eine sehr demütigende Szene. Jedenfalls hat er ausweichend geantwortet, hämisch gelacht. Dem, der es getan hat, sollte ein Orden verliehen werden, waren seine Worte. Dann bedrohte er auch sie. Skandal und so weiter. Eine höchst unappetitliche Sache."

„Und was glaubt die Frau?"

„Sie ist sich sehr unsicher. Er ist wohl, nun ja, gewalttätig. Es gab ja auch den Vorfall davor. Und wohl auch noch anderes, früher."

Blum sagt, bei der Polizei sei bekannt, dass der Angreifer des Lehrers Verletzungen davongetragen hat und Blutspuren gesichert wurden. Es wäre hilfreich, wenn die Frau nach Verletzungen irgendwo am Körper forscht und seine Blutgruppe ermitteln könnte. Zum Beispiel durch alte Militärunterlagen des Mannes. Und natürlich sei das Alibi dafür wichtig, wo er in der fraglichen Nacht war.

„Verletzungen am Körper feststellen …" Margaretha verzieht das Gesicht. „Das dürfte wohl unter den gegebenen Umständen schwierig werden. Und wo er war, Peter weiß vielleicht mehr."

„Und alle diese Dinge müssen weiterhin *incognito* bleiben? Auch ohne anonyme Anzeige, ein Aufdecken der Karten, wenn sich der schwere Verdacht bestätigt?"

„Du überblickst die Tragweite der Sache wohl nicht. Wer will da schon mit hineingezogen werden?"

„Ich überblicke das nur zu gut, Margaretha. Die Tötung eines Menschen ist ein schweres Verbrechen. Und zur Gewalt war der Mann doch schon einmal bereit. Spätestens wenn Hinni nicht entlastet wird, sprechen wir uns mit Sicherheit wieder. Jetzt viel Vergnügen bei Eurem Vortrag."

Die Frauen folgen einigen anderen Interessierten zum Vortragssaal. Brixen und Blum bleiben noch einen Augenblick vor einem Bild am Ausgang stehen, dessen Motiv angenehme Kühle ausstrahlt. „C.D. Friedrich, Eismeer, 1823/24" steht auf einem kleinen Schild daneben. Dann gehen sie Richtung Außenalster. Der große Binnensee in Hamburgs Mitte liegt im Sonnenschein. Auf der Alster fahren Ruderboote und Fähren. Auch Segler ziehen ihre Bahn, obwohl nicht viel Wind herrscht.

An einem Bootsanleger gegenüber der großen weißen Fassade des prunkvollen Hotels Atlantic gibt es einen Getränkestand. Da gehen sie hin. Erst mal ein Alsterwasser. Das löscht den Durst.

„Wann wolltest Du es mir sagen, zu Weihnachten?", fragt Brixen.

Sein Freund scheint etwas verschnupft, aber Blum will nicht darauf eingehen. Die letzten beiden Tage hatten sie sich nicht gesehen, und natürlich wäre es an diesem Sonntag geschehen. Nur wohl nicht so plötzlich wie auf der Autofahrt.

„Mit Agnes scheinst Du nähergekommen zu sein. Ist man schon per Du?"

„Allerdings, der rituelle Bruderschaftskuss ist nur aufgeschoben und wird nachgeholt. An sie richte ich meine Kritik auch nicht."

„Wie können wir eine Ente wieder glücklich machen", Blum lacht. Er legt dem anderen eine Hand auf die Schulter. „Peter von Brixen, Freund, würdest Du mir die Ehre erweisen, mein Trauzeuge zu werden."

„Ich ziehe es in Erwägung, muss aber darüber nachdenken und bitte um *rechtzeitige* Benachrichtigung für diesen Fall."

Besänftigend erzählt Blum dann noch, dass am 6. August Agnes' Geburtstag ist und es ein Fest in Blums Haus, dem kleinen Hof und dem Atelier in der Werkstatt geben soll. Es wird im kleinen Kreis gefeiert werden.

Viele gutgekleidete Städter flanieren. Brixen und Blum kommen auf ihrem Spaziergang an einem Bootshaus vorbei. Dort wird ein Kahn segelfertig gemacht.

„Betraf Dein langes Gespräch mit meiner Gattin die bewusste delikate Angelegenheit?"

„In der Tat."

„Und kein Wort über den Rittmeister kam über Deine Lippen?"

„Ich schwieg wie ein Grab. Margaretha sagte aber von sich aus, über das Alibi des bewussten Herren könntest Du etwas erzählen."

„Das ist die Geschichte mit den Zündhölzern aus der ‚Eule'. Habe ich schon erzählt. Neu beitragen kann ich, dass der Rittmeister Stammgast in der „Eule" ist."

„Und in dieser Nacht?"

„In diesem Geschäft ist man mit genauen Angaben nicht sehr auskunftsfreudig. Diskretion wird hochgehalten. Meine Quelle, der Geschäftsführer, ist zudem selbst an jenem Abend nicht da gewesen. Er will aber bei den dortigen Damen, besonders einer, versuchen, vielleicht etwas in Erfahrung zu bringen. Der Obrigkeit gegenüber, das versicherte er mir freimütig, würde er aber keine Angaben machen."

„So ist das im diskreten Gewerbe wohl", antwortet Blum.

Zwei Lastwagen, vollbesetzt mit uniformierter Polizei, fahren vorbei. Eine Horde Kinder füttert Möwen, die kreischend über ihnen fliegen. Eine Frau steht hinter einer der vielen Sitzbänke und fotografiert die Szene. Die Freunde gehen weiter. Überqueren dann die Straße und machen einen Rundgang durch das Stadtviertel hinter dem Hotel, passieren den Hauptbahnhof, kommen am Stellplatz der Kraftdroschken vorbei und sind pünktlich wieder in der Kunsthalle. Ihre Frauen warten schon. Es war ein hinreißender Vortrag, sagen die, über aktuelle Tendenzen moderner Malerei. Fragen und Diskussion gab es danach jedoch kaum.

Der Alsterpavillon ist ein feines Restaurant in bester Lage und in der Mittagszeit gut besetzt. Sie bekommen einen Tisch mit Blick auf das Panorama des Sees. Hier existiert die Not des Landes nicht. Erlesen die Speisen auf der Karte, die Kellner in schwarzen Smokingjacken, an den anderen Tischen gedämpfte Unterhaltungen. Musik im Hintergrund. Damen und Herren in bester Sommergarderobe. Die Sonnenstrahlen spiegeln sich auf dem See. Schwäne sind zu sehen.

Nach dem Essen, draußen auf dem Jungfernstieg, gegenüber den schmucken Kaufhäusern und Bürogebäuden, sitzen Bettler auf der Straße und bitten um Almosen. Einem fehlen beide Beine.

Dann ist es nur noch ein kleiner Fußmarsch. Blum und Brixen warten auf dem Bahnsteig des Dammtorbahnhofs, bis der Zug nach Itzehoe abfährt. Dann müssen sie nach dem weiteren Weg fragen und gelangen über eine lange Straße zu den Hamburger Gerichtsgebäuden, hohe Bauten im klassizistischen Stil. Die liegen am Rande des Heiligengeistfeldes.

Geschrei ist als erstes zu hören. Ein dumpfer Laut aus vielen Kehlen. Blum und Brixen verstehen aber von Ferne nicht, was gerufen wird. Auf der Straßenkreuzung stehen vier große, offene Polizeiwagen. Die Uniformierten sitzen erhöht auf Bänken und beobachten die Abläufe. Der Zugang ist nach allen Seiten offen. Die meisten Menschen gehen in die Feldstraße. Rechts Wohnhäuser, Geschäfte und Gaststätten, links der Kundgebungsplatz.

Ein strenger Geruch liegt in der Luft.

Das Heiligengeistfeld ist ein großer, freier Platz am Rande des Stadtteils St. Pauli. Vergnügungsbetriebe sind an seinem Rand zu sehen. Jahrmärkte, Zirkusvorstellungen oder die Landwirtschaftsmesse finden hier statt. Heute die Wahlkundgebung der NSDAP. In drei Wochen wird der Reichstag gewählt. Adolf Hitler spricht.

Blum und Brixen erreichen die Mitte der Feldstraße auf dem rechten Bürgersteig. Gegenüber scheint der Haupteinlass zu sein. Lange Schlangen von Menschen stauen sich. Wie in einem Trichter müssen die Besucher an uniformierten SA-Männern vorbei. Breit ist der Zugang geöffnet zur Straße hin, eng, fast auf Tuchfühlung, muss an den Uniformierten der Bewegung vorbei, wer den Platz betritt. Eine Front aus Menschen ist dort zu sehen. Fahnen mit dem Hakenkreuz flattern. Nicht nur am großen Einlass stehen die SA-Männer. Das ganze einsehbare Gelände haben sie im Abstand weniger Schritte umstellt. Die Mütze mit einem Riemen unter dem Kinn befestigt, die braune Uniformbluse am Kragen offen, die Hakenkreuzbinde am Arm, blank die Stiefel. Das warme Wetter, das feste Schuhwerk lassen die Männer schwitzen. Erst vor Wochen war das Verbot der nationalsozialistischen Parteiarmee durch die Reichsregierung aufgehoben worden. In Gruppen stehen vor dem Gelände und gegenüber auch Pulks von Polizisten.

Mit Gehupe kommt ein Lastauto mit offener Ladefläche durch die Straße gefahren, darauf stehen SA-Leute. „Sieg Heil"-Rufe und gestreckte Arme grüßen sie. *„Bruner Schiet"* wird aus einer kleinen Gruppe vor einer Kneipe gerufen, „Hitlerhorden".

Brixen und Blum stehen jetzt gegenüber dem Trichter. Marschmusik ist zu hören. Die schon versammelte Menge stimmt ein Lied an. Bewegung kommt auf. Wer noch durch den Trichter will, um den Anfang der Rede mitzubekommen, der sputet sich. Meist sind es Männer, solche mit Hut, Anzug und Krawatte von Bessergestellten, aber auch solche mit Mütze und schlechterem Zeug. Junge Leute und Frauen mit erwartungsvollen Gesichtern gibt es auch.

Und der Geruch ist geblieben. Fast penetrant. Leicht süßlich, durchdringend. Ein Schwein aus Zement über einem Eingangstor, Läden für Schlachtereibedarf, große Hallen zeigen es an, hier ist Hamburgs Schlachthofviertel.

„Da geh ich nicht rein", sagt Blum. Brixen will auch nicht. Aber er möchte wieder zurück, rechts der Kreuzung gibt es auch einen Eingang, und man kann vielleicht etwas hören.

In diese Richtung auf dem Bürgersteig geht auch eine Reihe von fünf SA-Männern. Die blicken in Kneipen und in Gesichter, machen in ihrer Reihe keinen Platz, wenn jemand in die andere Richtung durch will. Die reden nicht, sind ernst. Die gehen Patrouille. Eine andere Kette kommt ihnen entgegen. Blum und Brixen müssen sich dicht an ihnen vorbeidrücken.

Auf dem Heiligengeistfeld wird das Lied der Partei gesungen. Dann erneuter Jubel. Die Freunde haben den zweiten, kleineren Eingang erreicht. Auch hier viele Menschen. Kaum ein Durchkommen auf den Platz. Leib an Leib stehen sie. Dann eine Stimme, gut zu hören. Sie lässt die Menge verstummen. „*Über 13 Jahre hat das Schicksal den heutigen Machthabern zu ihrer Erprobung und Bewährung zugemessen.*" Dann knackt es in den Lautsprechen. „*... nur feststellen, dass Deutschland und das deutsche Volk noch immer leben.*"

Brixen hört zu. Aber die nächste Passage konkurriert mit dem Motorlärm eines vorbeifahrenden Autos. Blum denkt an die Dimension dieser Kundgebung. Auch diese ganze Straße herunter reiht sich SA-Mann an SA-Mann. Und das Kundgebungsfeld ist groß. Da stehen wohl weit mehr Menschen, als Itzehoe Einwohner hat. Zur selben Stunde, am selben Ort, für einen Mann. „*So ist Deutschland langsam verfallen, und nur ein Wahnsinniger kann hoffen, dass die Kräfte, die erst den Verfall herbeiführten, nunmehr die Wiederauferstehung bringen könnten.*"

Was passiert auf der anderen Seite? Da sind Bäume und zwischen ihnen wird ein Streifen Stoff gespannt von zwei Männern, die auf die Bäume geklettert sind. Andere stehen am Fuß der Bäume. „Antifaschistische Aktion gegen braune Pest“ ist auf dem weißen Laken mit roter Farbe gemalt. *Eine gläubige Gemeinschaft von Menschen ist erstanden, die langsam die Vorurteile des Klassenwahnsinns und des Standesdünkels überwinden wird,* kommt es aus dem Lautsprecher.

Jetzt lösen sich die ersten SA-Männer aus der Absperrkette und laufen auf die andere Seite. Ihr Ziel ist das Stück Stoff mit der Parole. Und die Aufhänger. Die Schulterriemen ihrer Uniform haben sie am Handgelenk, an deren Ende sind zwei stählerne Karabinerhaken. Aber der Rückzug der Männer hat schnell begonnen. Mit bereitstehenden Fahrrädern. Nun soll das Stück Stoff runter. Es hängt hoch. Die Baumstämme glänzen von einer Flüssigkeit. Seife. Da können sich die SA-Männer nicht festhalten und hochziehen. Jetzt werfen sie Steine auf das Transparent. Noch mehr kommen von der Kette. ... *sondern weil sie alle Deutsche sind. Mit diesem Gefühl der unzertrennlichen Verbundenheit ist die gegenseitige Achtung gewachsen.*

Langsam fährt ein Polizeiauto die Straße entlang. Ein Beifallssturm kommt von der Kundgebung. *Denn nicht um Mandate oder Ministerstühle kämpfen wir, sondern um den deutschen Menschen, den wir wieder zusammenfügen.*“

Ein Trupp SA läuft an Blum und Brixen und anderen in ihrer Nähe vorbei, an das untere Ende der Straße. Wieder Beifall. *Wenn die Nation ihre Pflicht erfüllt, dann wird einst ein Tag entstehen, der uns wiedergibt ein Reich der Ehre und Freiheit, Arbeit und Not.* Not? Brot ist wohl gemeint, denkt Blum.

Nun braust ein Jubel vom Heiligengeistfeld. Der Redner ist zum Ende gekommen. Applaus und Rufe prallen gegeneinander. Langsam entsteht eine Melodie, die immer stärker wird. Blum ist unbehaglich. Mit dem Kopf macht er Brixen ein Zeichen. Lass uns gehen, soll das bedeuten. Und Brixen kommt. Sie gehen auf die andere Straßenseite. Der gemeinsame Gesang hat Schwierigkeiten, die einen sind schneller als die anderen. Auf der Kreuzung stehen die Polizeiwagen unverändert.

Schweigend gehen sie an den Gerichten vorbei. Dann überqueren sie den Platz vor der Musikhalle. Valentinskamp lautet das nächste Straßenschild. Hier beginnt das alte Gängeviertel der armen Leute. Vor einem Gebäude in der Mitte der Straße stehen sehr viele Menschen. Die beiden gehen links daran vorbei. Vom Haus hängen beschriftete Transparente wie eben und zwei rote Fahnen. *KPD – Bezirk Wasserkante* steht über dem Eingang.

„So viele Menschen", sagt Brixen als erstes. „Das waren doch wohl Tausende." „Wenn nicht noch mehr", antwortet Blum.

„Und die ganze Zeit nichts Genaues, keine Vorschläge. Nur Phrasen. Ich habe doch hingehört. Die anderen sind das Dunkel und sie selbst das Licht. Aber die Menschen sind begeistert."

„Ich kenne mich mit Parteiversammlungen nicht aus, aber was hast Du erwartet."

Gänsemarkt heißt der nächste große Platz. Dort ist die Reklametafel des Ufa-Palastes zu sehen, einem Kino in einem hohen modernen Gebäude. Dann sind sie wieder auf dem Jungfernstieg. Hier wird immer noch flaniert.

Vorschläge für einen Weg aus der Krise, das hat Brixen erwartet. Blum ist froh, nur am Rande gestanden zu haben. Die Uniformierten waren angsteinflößend. Einen Schnaps könnte er jetzt gebrauchen, aber das muss warten. Bald sind sie am Auto.

Auf der Rückfahrt sprechen sie erst wenig. Dann über die Gründe, die eine große Masse über Stunden in der Hitze zusammen stehen lässt. Woher die Hoffnung kommt.

Blum fragt später, da sind sie schon hinter Pinneberg, nach der Zeile aus dem Gedicht von der Glocke von Schiller, aus der Schulzeit.

„Gefährlich ist den Löwen wecken …"

Brixen denkt nach. „Gefährlich ist's, den Leu zu wecken. Verderblich ist des Tigers Zahn."

Jetzt kennt Blum die weiteren Zeilen, die er suchte. „Jedoch der schrecklichste der Schrecken, das ist der Mensch in seinem Wahn."

21

Auf Montagmorgen um 8 Uhr 30 ist er geladen. Man weist ihm den Weg zu der angegebenen Zimmernummer. Ein freundlicher Beamter, nicht so viel älter als er selbst, empfängt ihn.

Alles hat er sich zurechtgelegt. Lange überlegt, all die Tage. Erst kommt er kaum zu Wort. Personalien. Fragen, wann, wo geboren. Das bringt er schnell hinter sich.

Dann ist der Zeitpunkt. Jetzt fällt es doch schwer. Reden kann er nicht gut. Die Stirn des Beamten liegt in Falten. Der blickt ungläubig. Jetzt soll er warten. Den Chef holen, muss sich das auch anhören, sagt der Mann.

Der Chef. Jetzt wird es noch schwerer. Und die Wörter, die der nicht mehr so freundliche Beamte gesagt hat, die verwirren ihn. Das trifft ihn ins Mark. Jetzt ist er allein im Zimmer. Was soll das bedeuten?

Jetzt hat er plötzlich Angst. Mit keinem hat er vorher gesprochen, es sich von der Seele geredet. Die Angst wird größer. Braucht er Hilfe? Der Mann rennt aus dem Zimmer, niemandem begegnet er auf dem Flur. Ist schon auf der Straße. Wohin? Einen Ort weiß er, viel später, aber es ist doch erst früher Morgen. Wo soll er hin?

Alles hatte er sich zurechtgelegt. Es mit seinen Worten zu sagen versucht. Aber der Beamte hat ihn nicht verstanden. Nicht verstehen wollen. Ganz falsche, böse Schlüsse gezogen. So war es doch nicht gewesen. Jetzt ist er allein. Nur weg. Seine Wahrheit hat nichts genützt. Sie ist nicht verstanden worden. Ihm soll daraus ein Strick gedreht werden. Auf so etwas Schlimmes ist er nicht vorbereitet. Er braucht Hilfe. Das wird dauern, noch viele Stunden. Jetzt ist er erst mal allein.

Werden sie nach ihm suchen?

22

Montag, 8 Uhr 45, Sitzungssaal 1 im Erdgeschoss des Amtsgerichts. Die erste Schnellgerichtsverhandlung bei Amtsgerichtsrat Haage ist schon vorbei. Auch einer der Landstreicher. Kaiser Willem ist der Nächste. Die beiden Angeklagten begrüßen sich lautstark. Die Wachtmeister führen den einen weg und lösen die Handschellen des neuen Angeklagten.

Richter Haage verweilt kurz in der Akte und ganz kurz auf dem Gesicht des Angeklagten. Dann entdeckt er Anwalt Blum.

„Was führt uns heute zusammen, an einem finsteren Ort, an einem schönen Sommertag?“

Neben seiner pünktlichen Mittagspause liebt Haage blumige Ausführungen.

„Die nächste Sache. Ich bin der Verteidiger.“

Nun blickt der Richter noch mal zu Blum und besinnt sich dann, dass hier ein Schnellgericht tagt. Er nennt Kaisers Namen, Geburtsdatum, Tag der Verhaftung und fragt den Angeklagten: „Wovon leben wir, Luft und Liebe?“

„Von beidem wenig, hohes Gericht. Ich will mich aber bemühen.“ Kaiser ist aufgestanden, darf sich aber wieder hinsetzen.

„Stehlen wir?“ Nun schüttet der Richter aus einem großen braunen Umschlag fünf Taschenuhren heraus.

Doch darauf ist Wilhelm Kaiser vorbereitet. Militärisch knapp, doch eindringlich erzählt er die Geschichte der Uhren. Der Amtsgerichtsrat ist mit dem Würfelspiel *Lügen* überraschenderweise vertraut. „In meiner Militärzeit wurde nur um die Ehre gespielt, die nächste Runde bezahlen zu dürfen.“

„Die letzten beiden Uhren, hohes Gericht, gewann ich zwischen der Revolution und der großen Inflation, die Zeiten …“ Kaiser Willem macht eine weit ausholende Geste mit beiden Armen.

„Wollen wir im Staate Preußen weiter als Faulpelz herumstrolchen?“

„Meinem ganzen Leben möchte ich eine Wende geben, Herr Rat, ich will nach Amerika auswandern oder eine Mosesschule besuchen.“

„Sie wollen fromm werden, Angeklagter?“ Haage stutzt.

„Mit Verlaub, hohes Gericht. Eine Mosesschule nennt man bei uns in Hamburg eine Seemannsschule. Und Maschinist bei der kaiserlichen Marine war ich ja schon davor als einfacher Matrose auf großer Fahrt.“

Haage winkt ab. „Einstweilen legt der preußische Staat in seiner Provinz Schleswig-Holstein und in Altona keinen Wert mehr auf Ihre Anwesenheit, Angeklagter."

Nun blickt der Richter wieder in die Akte und zählt leise mit Hilfe seiner Finger. Dann ruft er: „Die Formalien können wir uns sicher schenken. Alles aufstehen."

Dann wird der Angeklagte von ihm wegen Landstreicherei zu sechs Tagen Gefängnis verurteilt, verbüßt durch die erlittene Haft. Der Haftbefehl ist erledigt. „Ich will Dich Uhrensammler hier nie mehr wiedersehen. Und Lügen gibt es nur noch in trauter Spielerrunde", gibt der Richter ihm mit auf den Weg. Ein Wachtmeister reicht dem Angeklagten die Uhren zurück.

Handschellen bekommt Kaiser Willem nicht mehr angelegt. Schon wird der nächste Landstreicher hereingeführt. Blum verabschiedet sich von Haage und begleitet seinen Klienten auf den Gerichtsflur.

„Danke, Kamerad, kein Arbeitshaus." Kaiser verstaut die Uhren in seinen diversen Taschen.

„In den Kerker muss ich auch nicht mehr zurück, denn meine Habseligkeiten habe ich alle dabei." Dann setzt er seinen grünen Hut auf.

Blum bittet ihn, noch zu warten. Er selbst sieht Nansen, den Gerichtsredakteur der Itzehoer Nachrichten, über den Gerichtsflur hinken. Sie begrüßen sich. Nansen will wissen, wie es bei dem Mündel-Mörder aussieht. „Nichts Neues", sagt Blum. Er fragt, ob der Landstreicher mit den Schuhen des Erschlagenen aus dem Hafen schon Prozess hatte. Nein, Schnellgericht hatte der noch nicht, vielleicht ja bald Schwurgericht.

Kaiser Willem hat seine kleine Pfeife hervorgeholt und wartet. Blum kommt, gibt ihm eine Zigarette und fragt: „Was ein Zeuge ist, wissen Sie doch. Und in der Nacht im Hafen wollen Sie ja einiges gesehen haben. Sollte ein Zeuge nicht bei der Polizei eine Aussage machen, die vielleicht wichtig ist?“

Die Gesichtszüge seines ehemaligen Klienten verdüstern sich. „Die Polente und ich, wir stehen nicht auf gutem Fuß. Und niemand glaubt einem wie mir.“

Das weiß der Anwalt auch. Aber Kaiser ist erst einmal ein Zeuge wie andere. Von der Geschichte, wie die Kripo sie sieht, könnte einiges mit seiner Aussage übereinstimmen. Und noch war der Landstreicher nüchtern und einigermaßen vorzeigbar. Es wäre ein Versuch, die Ermittlung wieder offener zu machen.

„Eine schöne Tasse Kaffee, vorher oder nachher, würde ich springen lassen.“

Kaiser Willem macht einen traurigen Gesichtsausdruck.

„Vielleicht auch ein Bier und einen Köm, nachher?“

Die Gesichtszüge beginnen sich aufzuheitern.

„Und natürlich 80 Mark, das wäre mir die Sache wert.“

„80 Reichsmark?“ Im Gesicht geht die Sonne auf.

„Exakt. Ich zahle, das Geld bleibt für eine logische Sekunde bei Ihnen und dann wird davon mein Honorar in gleicher Höhe getilgt. Schuldenfreier Anfang eines neuen Lebens.“

Schon ist Sonnenuntergang in Kaisers Gesicht.

„Du scherzest, Kamerad. Aber ein warmes Essen und gegen den Durst ein Paar Bier, das könnte meine Erinnerung schlagartig wiederherstellen, als wäre es gestern gewesen. Und 10 Mark für Amerika.“

„Warmes Essen und einmal *Lütt und Lütt*. Und ich avisiere Sie bei der Polizei. Dort wird es nicht lange dauern. Und vielleicht kann damit dem Sandmann geholfen werden. Für ihn sieht es nicht gut aus.“

Unruhig und unschlüssig tippelt Kaiser mit den Füßen. „Ich mach es, doch vorher möchte ich mich erleichtern.“ Beide gehen zur Herrentoilette am Rande des Flures.

Dort denkt Blum über seinen spontan entstandenen Einfall nach. Überall ist Rauch, aber nirgendwo ein richtiges Feuer. Natürlich wird Mock einem Vagabunden keinen Glauben schenken wollen. Aber nützliche Verwirrung kann der Landstreicher stiften. Die Polizei ist zu fixiert auf Hinni oder den Sandmann. Da kommt die Geschichte von einem großen Mann ganz recht. Der Tote war schmächtig, nicht größer als Agnes. Hinni ist mittelgroß wie Blum. Und der Rittmeister, der soll stattlich und größer sein. Da muss was in die Akte kommen. Für alle Fälle. Dann kann man nachfassen. Skandal hin, Ehebruch her. Bevor die Blutgruppen bekannt werden.

Ein freundlicher Gruß. Blum erwidert. Der ältere Wachtmeister von der Hochzeit schiebt einen Wagen, bepackt mit Akten, vorbei.

Das dauert aber. Blum könnte jetzt auch und betritt den Abort. Der Raum ist leer, niemand in der abgeteilten Kabine. Das Fenster steht offen.

Kaiser Willem ist getürmt.

Frau Piel sitzt an ihrem angestammten Platz. Akten liegen auf ihrem Tisch. Kaffeegeruch. Sie ist in ihrem Element. Will wissen, was es Neues gibt. Sie erzählt vom Umzug am Wochenende in die Wohnung ihres Mannes, viel war zu erledigen. Sie dankt für das Bild, Blum für die schöne Feier. Die Frage nach dem Termin seiner eigenen Hochzeit bleibt unbeantwortet.

„Herr Nolte von den Itzehoer Nachrichten wird wieder anrufen. Und es gibt einen neuen Klienten, er kommt um fünf."

Was will der aufdringliche Zeitungsfritze von ihm, denkt Blum und geht in sein Zimmer. Der Vormittag vergeht mit Diktaten und später der Post.

Bei Laage gibt es Frikadellen mit Erbsen und Wurzeln und gedünsteten Zwiebeln. Das hebt Blums gute Laune. Seit der Kindheit sein Lieblingsessen. Fräulein Gerda bringt auch ein großes Alsterwasser.

„80 000 Menschen sollen gestern bei der Rede gewesen sein. Unvorstellbar. Hab ich gelesen", sagt Brixen.

„An einer Litfaßsäule?"

„Nein, in ihrer Gauzeitung. Ich bin an dem Schaukasten am Redaktionshaus vorbeigekommen."

„Ja, es ist unvorstellbar. Und haben sich unsere Damen wenigstens amüsiert?“ Blum isst mit Appetit.

„Hast Du noch nicht mit Agnes gesprochen?“

„Ich habe ihr von der Rede und der Kundgebung erzählt. Sie war sehr erschrocken. Aber über die Zugfahrt mit Margaretha konnte ich ihr kein Wort entlocken.“

„*Procul o proculeste, profani.* Weicht, oh weicht, Uneingeweihte. Sie haben sich wohl sehr gut unterhalten. Über Kunst und andere Dinge. Besonders wohl über Dich.“

„Und?“ Blum hat das Essen beendet.

„Das hätte mich nun auch interessiert, aber mir wurde keine Aufklärung zuteil.“

„Sagst Du mir die vollständige Wahrheit?“

„Ich schwöre es.“ Brixen tupft sich mit der Serviette den Mund. „Auf dem Weg in den Hafen der Ehe scheinst Du aber eine Klippe genommen zu haben. Wenn man meine Frau als eine solche ansehen würde.“

Beim Kaffeetrinken und Rauchen kommt Brixen noch auf Agnes’ Geburtstag und ein mögliches Geschenk. „Wir gehen mal davon aus, es sollte auch das Verlobungsgeschenk sein. Oder sind weitere Feierlichkeiten geplant?“

Blum sagt nein. Es stünde aber bald eine Fahrt nach Morsum an. Agnes hat ihrer Familie mehrmals geschrieben.

Im Büro hat Clara Piel schon fast alle Diktate erledigt. Warmes Essen gibt es im Hause Piel immer erst abends. Mittags reichen Butterbrote. Der Redakteur Nolte hat noch einmal erfolglos angerufen. Zwei Akten hat sie von der Staatsanwaltschaft abgeholt. Der junge Herr van de Los hat angerufen, dass er heute vereinbarungsgemäß im Krankenhaus war.

Blum beginnt mit der Lektüre der beiden Akten. Dann kommt die erste Besprechung. Später die Unterschriftenmappe. Zwischendurch blättert er die Itzehoer Nachrichten durch. Der Redakteur klopft immer so auf den Busch.

Blum ist ungeübt im Kontakt mit der Presse. Nur den alten Nansen trifft er gelegentlich im Gericht, man respektiert sich. Mit dem Nolte von den Nachrichten hatte er im letzten Jahr zu tun, das war unerfreulich und belastend gewesen. Es ging um den großen Schwurgerichtsprozess gegen den jungen Polen. Der Redakteur war aalglatt und geschickt dabei, etwas aus ihm herauszulocken. Er wusste von vielen Dingen hinter den Kulissen der Stadt, das war bemerkenswert.

Soll er anrufen? Blums Neugier siegt. Das Fräulein vom Amt stellt ihn durch.

„Nolte hier“, sagt eine ruhige Stimme.

„Blum, guten Tag. Sie trafen mich zweimal nicht an. Da wollte ich es der Höflichkeit halber selber versuchen.“

„Guten Tag, Herr Doktor Blum. Vielen Dank. Ich hätte wohl auch noch mal angerufen. Wegen einer Stellungnahme. Es geht um Ihren Klienten, den wir den Mündel-Mörder nennen. Was sagen Sie zu der neuen Entwicklung?“

Neue Entwicklung? Blum weiß von keiner und sagt das auch.

„Man hat ihn heute nach Schleswig gebracht. In die Irrenanstalt. Eigens mit einem Automobil und unter starker Bewachung. Dr. Kilb meint, das spräche dafür, dass eine Geisteskrankheit festgestellt worden ist. Fremde Stimmen im Kopf hören, Sie wissen schon, es gibt auch einen Fachbegriff, der mir aber nicht präsent ist."

„Schizophrenie", sagt Blum. Warum hat ihn niemand informiert? „Was der Kollege Ihnen gesagt hat, das kann sehr gut der Grund des Transports sein."

„Dann werden wir diesen Prozess also nicht erleben?"

„Ich weiß es nicht. Statt einer Verurteilung könnte gleich eine Einweisung in eine Anstalt erfolgen. Wir werden sehen."

„So sieht es Ihr Herr Kollege auch, Herr Doktor. Aber einen neuen Prozess mit großer Aufmerksamkeit wird es doch bald geben."

Nolte spricht nicht weiter, und Blums Neugier siegt wieder. Er fragt nach.

„Heute soll es auch, wie ich höre, einen Haftbefehl gegen den Landstreicher gegeben haben, wegen Mordes an dem Lehrer. Der Mord wegen einem Paar Schuhe."

Das ist Blum ebenfalls neu. Der Fall ist also gelöst? „Sie sind gut informiert, Herr Nolte."

„Das bin ich meiner Leserschaft schuldig. Und immer zu Diensten, Herr Rechtsanwalt." Man verabschiedet sich.

Der Termin um fünf ist ein Ehepaar. Es will von anderen Miterben betrogen worden sein. Das soll zur Anzeige gebracht werden. Auf Blums Schreibtisch werden ein Erbschein, Notizzettel und Inventarlisten ausgebreitet. Kein Fall für ihn. Sehr höflich vermittelt er einen Kontakt zu dem auf solche schwierigen, aber lösbaren Fälle spezialisierten Kollegen Peter von Brixen.

Als sie nach einer halben Stunde dankend gegangen sind, summt das Telefon. „Ihre Verlobte", sagt Frau Piel.

Blum freut sich. Aber Agnes Stimme ist aufgeregt.

„Kannst Du sofort in die Werkstatt kommen."

„Natürlich. Ist etwas passiert?"

„Ja, etwas Schreckliches. Komm sofort."

Blum will noch etwas fragen, aber sie hat schon aufgelegt. Er lässt alles stehen und liegen.

Was will sie von ihm?

23

Agnes ist in seiner Küche, als Blum ins Haus stürzt. Verletzt ist sie äußerlich nicht. Sie umarmen sich. „Was ist Dir passiert?" Sie nimmt seine Hand und führt ihn, ohne etwas zu sagen, ins Wohnzimmer.

„Was ist los?" Sie setzt sich auf einen der Stühle. Blum steht. Sie hält seine beiden Hände.

„Wenn man etwas gar nicht will, aber es passiert doch …", sagt Agnes leise und langsam, „… dann ist man doch kein Mörder."

Sie sieht Blum fest in die Augen. Der ist völlig verwirrt. Mörder? Was ist los?

Jetzt muss er auch sitzen. Beim Hinsetzen lösen sich ihre Hände.

„Was ist passiert? Sag endlich, was los ist. Was hast Du getan?"

Er ist sehr erschrocken. Sie spricht weiter.

„Und Du würdest jemandem helfen, der es nicht getan hat und nicht mehr ein und aus weiß."

Agnes hat die Augen weit auf. Zittert sie? Schock, denkt Blum. Im Schützengraben des Krieges halfen Ohrfeigen. Aber er konnte seine zukünftigen Frau, Tage nach der Verlobung, doch nicht schlagen. Stattdessen steht er vom Sessel auf, legt beide Hände seitlich um ihren Kopf und küsst sie auf den Mund.

Die Hände immer noch da und fast Nase an Nase fragt Blum. „Ist Dir etwas Schlimmes passiert?"

Agnes schüttelt leicht den Kopf.

„Jemandem, den Du kennst?"

Jetzt nickt sie.

Blum löst die Hände und lässt sich wieder in den Sessel fallen. „Ich verstehe immer noch nicht, was … was überhaupt los ist. Zitterst Du?"

„Ich zittere höchstens vor Zorn. Weil was Ungerechtes geschehen kann. Und weil ich eben eine schreckliche Geschichte gehört habe. Gleich kannst Du Dir selbst ein Bild machen. Dann verstehst Du es besser, Johannes. Hilf bitte."

Blum nickt. „Wem?", fragt er.

Agnes geht aus dem Zimmer. „Warte, gleich."

In Blum steigt eine große Beruhigung auf. Ihr ist nichts geschehen. Und eine große Erwartung. Was ist hier eigentlich los?

Die Küchentür fällt zu. Dann Schritte. Agnes kommt als erstes durch die Tür. Mit ihr ein Mann, den hat Blum schon mal gesehen. Aber nur flüchtig. Der malt doch auch. Einfach gekleidet ist der. Trägt ein rotes Halstuch. Und ist groß gewachsen. Sehr groß. Hat einen gehetzten Blick und sagt kein Wort. Nickt nur zur Begrüßung.

„Das ist Sören Stöber. Vielleicht kennst Du ihn, von meiner Malgruppe. Und von der Ausstellung. Er ist zu mir gekommen und möchte etwas sagen."

Der Mann sagt nichts. Blum schweigt auch und blickt ihn an. Was ist hier los?

Agnes bringt den Mann dazu, sich neben sie auf das Sofa zu setzen. Jetzt spricht er, leise und mit Pausen. „Agnes, also, Ihre Verlobte meinte, ... wo Sie doch Anwalt sind ... Agnes hat gesagt ... Ich bin doch kein Mörder."

Die Worte *Anwalt* und *Mörder* geben Blum eine kurz verlorene Sicherheit zurück. Er kann sich entspannen. Aus der Anzugjacke fingert er seine Sanoussi und die Streichhölzer, bietet an, bittet seine Verlobte, Wasser und Gläser zu holen, bläst den ersten Rauch aus und sagt mit ruhiger Stimme. „Beruhigen Sie sich, Herr Stöber, so war doch der Name. Sammeln Sie sich und erzählen Sie mir, was ist eigentlich los?"

„Ich bin da weggelaufen."

Dieser erste Satz des Mannes, dem noch kein zweiter folgt, zeigt Blum dreierlei. Das ist nicht der Anfang der Geschichte. In dem Mann brodelt es. Er braucht Hilfe, sonst wird das nichts.

„Wo sind Sie weggelaufen?“

„Von der Polizei, heute.“

„Und warum waren Sie heute bei der Polizei?“

Aus seiner Tasche holt der Mann einen Briefumschlag und reicht ihn herüber. Agnes ist aus der Küche gekommen und deckt drei Gläser und zwei Flaschen auf den Tisch, Wasser und Apfelsaft. Sogar einen Aschenbecher hat sie ausnahmsweise mitgebracht.

Der Briefumschlag hat die Itzehoer Adresse von Sören Stöber. Der Brief selbst ist ein Vordruck der Polizei. Ladung zur Zeugenvernehmung. Mit einem Aktenzeichen und dem Betreff „Ermittlungen Tötungsdelikt zum Nachteil Passigk, Hans, geboren am 11.3.1907“.

„Sie waren heute also vorgeladen, wie in den letzten Tagen ja wohl viele aus dem Künstlerkreis. Als Zeuge, weil Sie vielleicht etwas gesehen haben oder der Polizei sonst nützlich seien können. Das ist ja nicht schlimm. Warum sind Sie weggelaufen?“

Stöber trinkt, die Hände zittern ihm sichtbar. Er blickt hilfesuchend zu Agnes.

„Er hat gesagt, wie es war. Da haben Sie von Mord gesprochen. Aber er hat doch die Wahrheit gesagt.“ Das ist jetzt Agnes Stimme. Der Mann nickt heftig. Er selbst schweigt. Blum denkt, Geduld ist die größte aller Tugenden.

Ganz langsam, je einen Schnaps für alle drei und etliche Sanoussis zwischendurch, erzählt sich die Geschichte.

Sören Stöber ist in der Stadt geboren und aufgewachsen. Ein Schustersohn. Setzer hat er gelernt in der Druckerei der Nachrichten. Im Frühjahr wurde er erwerbslos. Gemalt hat er schon als Kind. Am liebsten mit Bleistift und Kreide, das kostete nicht viel. Dann auch als Lehrling. Meistens Natur, Blumen oder Vögel. Dann ist er in die Malgruppe gekommen, die war ja für jeden offen. Und lernen wollte und konnte er da auch noch was. Und sich austauschen mit den anderen.

Da war auch der Hans Passigk. Ein eitler Fatzke. Und reden konnte der. Viel Spott hatte es gegeben. Aber nicht wie unter den Kollegen auf der Arbeit. Da war jeder mal dran. Der Lehrer hat ihn oft verspottet. Weil er der einzige aus dem Arbeiterstand war. Einfältig seien die Bilder, Kindergekrakel, *Wiesenblumen-Rembrandt*, sagte er mal. Immer gern auch, wenn Anke dabeistand. Das ist das stille Fräulein Lagerpusch. Die mochte Stöber gern. Mit Worten konnte er sich gegen den Lehrer nie wehren. Dann war der aber eines Tages aus der Malgruppe weg. Das war erst einmal gut.

An dem Sonnabend dann die Ausstellung. Seine erste. Alle durften ja dabei sein, mit drei Bildern. Er hatte seine liebsten ausgewählt. Wieder fing der Lehrer an. Dessen Bilder hingen genau neben seinen. Da kam vieles wieder hoch. Später auch noch im „Panoptikum“. Scherze auf seine Kosten. Tropfen für

Tropfen läuft ein Fass über. Wehrlos. Mit einem anderen aus der Gruppe ging er aus der Kneipe, zornig. Der andere Mann ging dann in die Stadt zurück, er in den „Anker" im Hafen. Viel war getrunken worden, durcheinander, auch das Franzosenzeug.

Nun wollte er ins „Panoptikum" zurück. Alles egal. Wollte mal seine überlegene Statur einsetzen. Musste mal Schluss sein. Das Fass war übergelaufen. Die Arbeit verloren. Die Anke ging jetzt mit einem Studenten. Diesmal wird klar Schiff gemacht. Da hat er den Lehrer gesehen und zwei junge Bengel. Wartete. Die waren wohl auch *dun*, betrunken. Passigk lehnte an dem Boot, das auf Land war. Die Jungen waren schon unten. Der trank aus einer Flasche. Klar Schiff machen. Er ging hin. Er hatte sich ein paar Worte zurechtgelegt. Der andere lachte nur laut, stichelte wieder.

Es wurde handgreiflich. Der Lehrer schlug ihn mit der Flasche. Traf ihn am Ohr und an der einen Seite des Gesichts. Das tat weh. Sein Blut sah er aber erst später. Da hat er geschlagen. Einmal, wohl ins Gesicht. Der Lehrer stürzte zu Boden und blieb liegen. Bei Stöber kehrte schlagartig Genugtuung ein. Er hatte es dem Schulmeister gezeigt. Kümmerte sich nicht weiter und wankte nach Hause. Er wollte sich nur mal wehren, auch mal austeilen, doch nicht totmachen. Der sollte nur ruhig sein und auch mal unten. Er dachte, jetzt schläft der und hat nicht mehr das letzte Wort. Vom Tod hat er erst in der Zeitung gelesen.

Mit keinem traute er sich danach frei zu sprechen. War er denn ein Verbrecher? Dann die Vorladung zur Polizei. Er ist doch kein Mörder, will aber für das geradestehen, was er getan hat. Alles hatte er sich zurechtgelegt, was er sagen wollte. Er tut sich ja schwer mit langen Reden, mit den Händen kann er zupacken. Und dann sagt der von der Polizei, so ein junger, ganz freundlicher, „Sie gestehen mir gerade einen Mord oder Totschlag. Da will ich meinen Chef dazu holen."

Als er das hörte: Mord oder Totschlag, da kam die Angst. Die hatten ihn nicht verstanden. Die wollten ihm einen Strick drehen. Da ist er weggelaufen. Hat sich versteckt den Tag über. Dann ist er zum Atelier gegangen. Agnes würde ihm helfen. Er vertraut ihr, und sie hat ihm schon früher mal gegen den Lehrer beigestanden.

„Es tut mir wirklich leid, alles was passiert ist." Stöber blickt wie ein geprügelter Hund.

Es gibt also den Riesen, das wusste Blum jetzt. Und es gibt viele Fragen. Von der Verletzung sieht man nicht mehr viel. Ein Arzt war nicht aufgesucht worden. Aber Agnes sagt, bei der Malgruppe, da hatten sicherlich einige die Verletzung bemerkt. Sie selber nicht. Und mit der Flasche war tatsächlich geschlagen worden. Das muss Stöbers Blut sein. Von seiner Blutgruppe hat er noch nie etwas gehört. Das ließe sich aber schnell klären. Und für die ganzen Beleidigungen und Verhöhnungen, da gibt es ja viele Zeugen. Agnes bestätigt das.

Blum denkt nach. Mord oder Totschlag ist das nicht. Der Tod war nicht gewollt und geplant. Körperverletzung mit Todesfolge? Das gibt es und wird mit mindestens drei Jahren Zuchthaus vergolten. Notwehr, für die man nicht bestraft wird? Könnte sein. Beweise? Wer hat angefangen? Das ist heute nicht zu klären.

Was tun? Selber stellen und in Ruhe die Aussage neu machen können. Entlastendes ermitteln lassen. Das war der Weg. Führte er über einen Haftbefehl? Das ist die Frage. Jetzt ist es schon halb neun. Mock wird zu Hause sein. Soll er anrufen?

„Wollen Sie jetzt mit mir zur Polizei gehen und erzählen, was tatsächlich passierte?“, fragt Blum. Und weist deutlich darauf hin, was die Folge sein könnte, schlimmstenfalls. Untersuchungshaft. Ein Verfahren vor Gericht sowieso.

Der Riese nickt.

24

Das Sommerfest findet im weitläufigen Garten des Zuckerpalastes statt. Gastgeber Marcus van de Los begrüßt seine Gäste mit einer kleinen, launigen Rede. Angenehm im Hintergrund spielen zwei Herren und eine Dame klassische Musik mit Geigen und Oboe. Im Schatten der Bäume und Sonnenschirme sind weißgedeckte Tische und viele Stühle aufgestellt. Auf der Veranda des Hauses stehen an beiden Seiten zwei langgestreckte Tafeln. Auf der einen ist ein ausladendes Buffet aus Torten, Kuchen, Obstsalat und Kaffee. Auf der anderen Seite gibt es mit Eis gekühlte Getränke. Auf silbernen Tabletts wird vom Personal den Gästen Sekt angeboten.

Von einem erhöhten Podest deklamiert ein Schauspieler als Rezitator Gedichte. Man sitzt im Schatten, parliert stehend in kleinen Gruppen, einige Gäste haben sich in das große Wohnzimmer zurückgezogen. Festlich die Garderobe der Damen, viele Herren tragen eine weiße oder schwarze Smokingjacke. Warm ist es, aber nicht zu heiß für einen Sonnabendnachmittag.

Johannes Blum kann sich nicht entscheiden. Das erste Stück Apfelkuchen mit Mandelsplittern und Rosinen war eine Köstlichkeit. Will er diesen Genuss noch einmal erleben, oder soll er einer Cremetorte mit Erdbeerstücken den Vorzug geben. Mehr wird er nicht essen können. Er lässt sich noch ein Stück Apfeltorte reichen. Dann geht er in das Wohnzimmer, dessen Flügeltür ganz geöffnet wurde. Agnes isst am Tisch Obst aus einer Kristallschale, Brixen eine Eistorte. Seine Frau liegt auf dem englischen Sofa und hat nur ein Glas Wasser neben sich. Die Geburt ist nur noch eine Frage von Tagen.

Zwei der vier am Tisch waren noch nie auf diesem Fest, das eine Tradition in der Stadt hat. Doch in diesem Jahr erreichte auch Blum eine Einladung. Schon zu einem Zeitpunkt, als nicht geklärt war, ob er den Auftrag der gastgebenden Familie zur Zufriedenheit würde erfüllen können. Doch so war es gekommen.

Hinrich van de Los war aller Sorgen ledig. Jedenfalls die, die mit dem Tod des Lehrers Passigk zu tun hatten. Blum stellte dem Vater eine exorbitant hohe Rechnung, die auch die Sache von Kaiser Willem voll mit abdeckte. Zum Wintersemester wird der Junge in München sein Studium beginnen. Jetzt unterhält er, im schwarzen Seidenanzug mit weißem Hemd, eine Reihe junger Damen, wohl die Töchter von Gästen.

Für Sören Stöber ist der Tod im Hafen an der Störschleife noch nicht beendet. Wohl nicht einmal, wenn in zwei Wochen sein Prozess stattgefunden hat.

Es war ein harter Gang für ihn geworden in jener beginnenden Nacht. Brummig hatte der Kommissar auf Blums Mitteilung am Telefon reagiert, war dann aber sofort in die Wache gekommen. Fast bis Mitternacht dauerte die Vernehmung. Mock und Braun setzten dem Riesen zu. Viele Seiten umfasste danach das Protokoll, um dessen Formulierungen Blum mit ihnen rang. Dann war Mock hart geblieben und setzte sich durch. Flucht am Morgen, Selbststellung am Abend hin und her, Stöber musste für eine Nacht in einer Polizeizelle bleiben. Staatsanwaltschaft und Haftrichter sollten am nächsten Tag alles Weitere entscheiden. So kam es.

Noch einmal wurde beim Haftrichter viel geredet und erwogen. Die Sache stand auf der Kippe. Dann kam Blums Klient doch frei und wurde gleich zur Blutentnahme und Untersuchung der alten Wunde in das Krankenhaus gebracht. Von Körperverletzung mit Todesfolge sprach Staatsanwalt Rohwedder und erteilte den Kriminalpolizisten etliche Untersuchungsaufträge.

Danach hatte Blum seinen Unwillen unterdrückt und wieder Kontakt mit Redakteur Nolte aufgenommen. Eine Hand wäscht die andere. „Tragischer Unglücksfall“ hätte er gern in den Nachrichten gelesen und dafür einiges berichtet. „Schlägerei mit tödlichem Ausgang“ lautete am nächsten Tag die Überschrift in der Zeitung. Stöbers Namen wurde nicht genannt, auf „Missstimmungen unter jungen Laienmalern“ hingewiesen. Der Prozess aber wird öffentlich sein und unter Beobachtung stehen. Das war nicht zu verhindern.

„Ein Glas Sekt für die Herrschaften?“, fragt eine Bedienstete in schwarzem Kleid und weißer Schürze. Drei Gläser werden abgenommen. „Für mich erst wieder nach der Geburt von Zuwachs im Hause von Brixen“, meint Margaretha, und die anderen prosten sich zu.

„Wie lange möchtest Du noch bleiben?“, fragt ihr Mann ganz fürsorglich.

„Auf diesem Sofa meiner Mutter halte ich es noch eine Weile aus. Einigermaßen kühl ist es auch und die Kissen sind vorzüglich. Die Herren müssen aber nicht so tun, als wären sie an einem Krankenlager. Peter sollte nach unseren bisherigen Kindern sehen und ihnen, wie jedes Jahr, zu viel Kuchenessen verbieten. Und Johannes, Dir rate ich, wenn Peter seinen Vaterpflichten nachgekommen ist, mit ihm eine Runde zu drehen. So viel Geld, Namen und Einfluss sind selten in dieser Stadt versammelt.“

Sie verzieht schmerzhaft das Gesicht und streicht über ihren gewölbten Bauch.

„Agnes könnte mir vielleicht ein wenig Gesellschaft leisten. Ich beabsichtige auch, sie einer anderen Agnes vorzustellen. Auf deren Wunsch."

Nun kommt Felix, das ältere der Brixen-Kinder, in das Zimmer gelaufen. „Mama, Robert muss sich übergeben, hinten am Gebüsch."

„Das ist mein Einsatz", ruft sein Vater beim Aufstehen. „Wir sehen uns gleich, Blumi."

Blum bleibt noch sitzen, und als Margaretha beschwerlich das Zimmer verlässt, findet er Gelegenheit, Agnes zu bitten, heute keine Gesangseinlage zu geben. „Ich suche mir mein Publikum aus", sagt sie darauf lächelnd. „Hier ist es nicht." Sie hat die Einladung einfach hingenommen und genießt den Nachmittag. Ein sehr alter Herr küsst ihr sogar formvollendet die Hand. Blum schwankt zwischen dem Gefühl der Auszeichnung und dem Gedanken, da zu sein, wo er eigentlich nicht hingehört. Seine Mutter wäre aber von seiner Teilnahme an einem Fest der van de Los begeistert gewesen.

Als Margaretha wiederkommt, ist ihr Mann noch nicht zurück. Blum holt ihr ein neues Glas Wasser und für seine Verlobte einen Mokka in einem kleinen Tässchen. Dann ist nicht zu umgehen, was er lieber vermeiden wollte. Agnes Barin kommt mit ihrem neuen Ehemann. Gemeinsam mit Blum ist sie Patin von Felix. Im letzten Jahr waren sich die beiden etwas nähergekommen, dann gab es aber einen Bruch, und sie sahen sich bis heute nicht mehr wieder. Margaretha stellt vor, soweit das notwenig ist. Freundliche Begrüßungen. Ihr Gatte hat eine Glatze und ist sehr wohlgenährt, bemerkt Blum. Wo bleibt Brixen?

Der kommt dann mit einem Sohn an jeder Hand und verschwindet Richtung Badezimmer. Die Konversation dreht sich um das Fest und die Kunst und das Wetter. Endlich. Felix und Robert begrüßen Tante Agnes und Anhang und setzen sich zur Mutter. Agnes' Gatte nimmt am Tisch Platz. Blum und Brixen entschuldigen sich und gehen nach draußen.

„Was hältst Du von einem kühlen Getränk und einem stillen Platz auf dem Podest, den der Mann mit den fürchterlichen Gedichten geräumt hat, der nur auftritt, weil Marcus auch ein Förderer des Theaters ist?"

Blum ist einverstanden. Sie bekommen ein Bier aus einem Fass gezapft, das zwischen schnell schmelzenden Eisblöcken steht. Brixen besorgt noch zwei edle Zigarren. Das Podest ist immer noch frei und bietet einen schönen Blick auf das Fest.

„Und, fühlst Du Dich wohl unter hohen und höchsten Kreisen?", fragt Brixen nach einem ersten langen Schluck.

„Ich kenne kaum jemanden, unsere kleine Stadt ist groß." Nur Landgerichtspräsident Dr. Krohn hat er mit einem Nicken gegrüßt, das reserviert erwidert wird. Den Bürgermeister kennt er nur von den Zeitungsbildern. „Und, ist das heute der Höhepunkt der Saison, Du kennst Dich doch sicherlich aus?"

„Wenn man vom großen Ball im Hause Alsen absieht und der Jagd beim Grafen, ich glaube schon.

Beim Ball waren wir aber nur die letzten zwei Jahre, und die Jagd versage ich mir."

Blum blickt seinen Freund von der Seite an. Der trägt einen sehr edlen weißen Anzug und pafft seine Zigarre. Man weiß nie so ganz, ob er alles ernst meint oder auch etwas Ironie beimischt. Blum ist im Zigarrenrauchen ungeübt. Sie zieht nicht. Brixen nimmt sie ihm aus dem Mund und einen Zigarrenabschneider aus der Jackentasche, kerbt das Mundstück kunstvoll ein und reicht sie zurück. „Jetzt bitte mich nicht noch um den Freundschaftsdienst, vorgestellt zu werden, das ist ermüdend. Oder willst Du?"

Blum hätte gern gewusst, wie diese Herrschaften denken: über die Lage und was noch so kommen wird. Aber das würde er nicht erfahren. Deshalb sagt er: „Einstweilen erzähl mir nur etwas über den Ehemann von Agnes." Herr Schröder habe wohl geschäftliche Probleme, meint Brixen, und dann weiß er noch so einiges. Schließlich ist Frau Schröder seit Jahren die beste Freundin seiner Frau. Und seine Diskretion legendär.

Dann kommen zwei Männer im angeregten Gespräch vorbei. Brixen kennt einen, der ist leitender Verwaltungsbeamter der Stadt. Man wird vorgestellt. Der andere ist Regierungsassessor der Provinzialverwaltung.

„Wir sprachen gerade über den morgigen Sonntag, meine Herren", sagt der Regierungsassessor. „Alarm für Polizei und Behörden. Sie haben es vielleicht gehört. In Altona marschieren die Nationalsozialisten, bei uns in Itzehoe die Eiserne Front der Sozialdemokraten und in Neumünster die Kommunisten. Alle Kundgebungen in der Provinz konnten wir beim besten Willen nicht verbieten. Da ist der Staat gefordert, denken Sie an Eckernförde."

„Eckernförde?", fragt Brixen.

„Letzten Sonntag stürmte die SA das dortige Gewerkschaftshaus nach ihrem Aufmarsch, es gab zwei Tote."

„Hoffen wir, dass es keine neue Nacht wie im Mai 29 gibt", wirft der Verwaltungsbeamte ein. „Sie erinnern sich, die Landvolkbombe im Landratsamt bei uns."

Die Herren verabschieden sich und gehen weiter.

Brixen muss dann nach Frau und Kindern sehen. Margaretha drängt jetzt doch zum Aufbruch. Das Auto ist mit der Familie voll. Agnes will in die Werkstatt. Blums Schachpartie ist heute um eine Stunde verlegt worden. Sie gehen zu Fuß nach Hause. „Unser Direktor war auch eingeladen und sehr überrascht, mich zu sehen", erzählt sie. Und dann kommt Agnes wieder mit der Idee, ihren Verlobten zu malen. Aber das will Blum ganz und gar nicht, und es gibt fast einen kleinen Streit. Im Haus zeigt sie ihm den Brief der Mutter mit einer Einladung auf die Insel. „Ich wette, sie platzen vor Neugier", sagt sie jetzt als Tochter.

Aus einer fremden Welt gekommen, sitzt er dann in der vertrauten und stillen Welt des Schachspiels. Blum verliert die erste und gewinnt die zweite Partie. In der hatte Pille Feldhusen schon ein *Remis* angeboten. Doch er wollte den Sieg.

25

Ein Schöffengericht besteht aus einem Richter und zwei Bürgern, die mit ihm gemeinsam das Urteil fällen. Amtsgerichtsrat Michaelis wird den Vorsitz führen. Ein Sattlermeister und ein Maurerpolier ihm zur Seite. Am Rand der Richterbank ist eine Protokollführerin. Um 8 Uhr 30 soll die Verhandlung beginnen. Es ist die einzige des Tages. Körperverletzung mit Todesfolge lautet die Anklage, die Staatsanwalt Rohwedder vertritt. Sören Stöber sitzt schon auf der Anklagebank. Ein Mann und eine Frau auf den Zuhörerbänken sind seine Eltern. Gerichtsredakteur Nansen hat Papier und etwas zu schreiben vor sich gelegt. Vor der Tür des Sitzungssaales haben sich viele Leute aus der Malgruppe eingefunden, auch Agnes, die sind als Zeugen geladen und dürfen erst nach ihrer Aussage im Sitzungssaal bleiben. Wachtmeister Piel ruft die Sache mit lauter Stimme vor der Tür auf. Nun tritt das Gericht ein. Alle erheben sich. Der Prozess beginnt.

Bis eben stand Rechtsanwalt Blum, schon mit der Robe bekleidet, bei seinem Klienten. Der Riese hat Angst. Wird er ein Wort herausbringen?

Die vom Richter erfragten Personalien bestätigt er. Dann wird die Anklage verlesen. Zeit für Blum, zum ersten Mal in den Gesichtern der Schöffen zu lesen. Sie geben noch nicht viel her und saugen ein, was der Staatsanwalt vorliest. Im Zuschauerraum sitzen nicht nur die Eltern des Angeklagten, Blum lernte sie schon vor Wochen kennen, sondern auch der Hausmeister des Künstlerhauses. Dann noch zwei ehemalige Arbeitskollegen von Stöber und ein Studienrat der KKS. Sehr viel Aufsehen machte die Sache dann doch nicht mehr. Zwei Artikel waren erschienen. Der letzte gestern. Nolte war der Autor, und beide waren zwar nicht wohlwollend, aber doch sachlich.

Rohwedder setzt sich wieder, und die Augen des Gerichts gehen zur Anklagebank. Schweigen darf ein Angeklagter, belehrt der Richter, oder sich zur Anklage äußern. Stöber ist ganz zusammengesunken auf der Bank, etwas erhöht, zwei Meter entfernt sitzen die Männer, die über sein weiteres Leben entscheiden.

Viele Male hatte Blum mit ihm über diesen Moment gesprochen, die notwendigen ersten Worte, die Körperhaltung dazu. Die Eröffnung entscheidet schon viel – wie beim Schach. Jetzt kann nur sein Klient sich selbst helfen. Aber erst mal geschieht nichts.

„Nun, Angeklagter, wie wollen Sie es halten?“, beginnt Amtsgerichtsrat Michaelis.

Immer noch Stille. Gib Dir einen Ruck, jetzt, denkt Blum. Endlich strafft sich der Körper auf der Bank. „Hohes Gericht, als erstes möchte ich sagen, wie leid es mir tut, dass ein Mensch zu Tode gekommen ist. Jeden Tag seitdem muss ich daran denken. Es wird mich mein ganzes Leben begleiten. Aber im Sinne der Anklage bin ich nicht schuldig."

Das sind genau die vier Sätze, die Blum seinem Klienten vorgegeben hat. Und nun blickt dieser auch zur Richterbank.

„Nun, denn. Dann wollen wir uns dem Vorfall vom 26. Juni des Jahres mal Schritt für Schritt nähern", sagt der Richter.

Blum erbittet und erhält das Wort. Sein Klient sei ein einfacher Handwerker. Ganz ungeübt in gerichtlichen Dingen und sehr aufgeregt. Zur Sache habe er schon einmal, vor Wochen, bei der Polizei ausgesagt. Sehr umfangreich, auf den Seiten 38 bis 50 der Akte. Vielleicht könnte dies vorgehalten werden, dem sei auch aus heutiger Sicht nichts hinzuzufügen.

„Manchmal muss ich auch stottern, vor so vielen Leuten", kommt es von der Anklagebank. Das zeigt Wirkung.

Den genannten Seiten widmet Michaelis nun noch mal seine Aufmerksamkeit, wodurch eine Zeit der Stille im Gerichtssaal entsteht. Das nächtliche Protokoll enthält alles, was es zu sagen gibt. Von Stöbers Bekanntschaft mit dem Lehrer, Art und Häufigkeit der Hänseleien, besonders an dem Tag und Abend, dem Alkoholgenuss, dem letzten Aufeinandertreffen im Hafen und was dann geschah. Blum hatte mit Mock um fast jeden Satz gerungen und Braun alles selbst getippt. Heute würde der Angeklagte das, in seinem Zustand, nicht noch einmal so sagen können.

Amtsgerichtsrat Michaelis hat einen langen Tag mit vielen Zeugen vor sich. Warum soll er ihn jetzt schon verlängern, wo alles schon mal ausgesagt worden ist und sich in der Akte befindet.

„Nun, gut, Angeklagter, Sie kannten den Passigk also seit rund einem Jahr vor der Tat, aus einem Kreis von Kunstmalern in Itzehoe?"

„Aus einer Malgruppe, ja, wir lernen Zeichnen und Malen bei Fräulein Nissen, einer Kunstlehrerin von hier."

„So, ja, nun gut". Und dann geht der Richter Seite für Seite das Protokoll durch. Lässt sich die dortigen Angaben bestätigen, stellt nur kurze Fragen und ist bald am Ende.

Dann darf der Angeklagte befragt werden. Fast immer schweigen die Schöffen. Doch der Sattlermeister will wissen: Malen, richtige Bilder, wie ein Arbeiter zu so was kommt? Die Frage ist ganz nützlich, denkt Blum. Und die Antwort ist es eigentlich auch. Stöber erklärt. Wie er in der Schule schon gerne gezeichnet hatte, auch als Lehrling noch, aber er immer an eine Grenze gestoßen war. Erst in der Malgruppe lernte er mehr, drei Bilder durfte er im Künstlerhaus ausstellen, sagt der Riese mit Stolz.

Staatsanwalt Rohwedder lässt sich das ganze Geschehen bis zum Sturz des Lehrers noch mal genauer erklären. Das ist nicht so gut. Denn nun kann sich Stöber, durch Nachfragen unterbrochen, nicht mehr genau an alles erinnern. Lange Pausen muss er machen, mühsam nach dem richtigen Wort suchen. Aber erst der Schlag des Lehrers mit der Flasche, dann sein Fausthieb, dabei bleibt er, auch als der Staatsanwalt ihm zusetzt.

Hans Gripp ist der erste Zeuge. Erzählt, wie er die Leiche gefunden hat. John Butenschön und Hinrich van de Los kommen dann dran. So wie in den fünf Wochen davor, sind ihre Erinnerungen sehr begrenzt. An den Angeklagten erinnern sie sich fast gar nicht, nur dass er auch im „Panoptikum“ war. Alle hatten sie viel zu viel getrunken.

Dann kommt Kriminalwachtmeister Braun. Mock ist nicht geladen. Er berichtet über die ersten Untersuchungen der Polizei am Fundort der Leiche. Dass Flaschensplitter mit Blutanhaftungen gefunden wurden. Dass es dazu Untersuchungen der Blutgruppe gab. Er bestätigt auch, dass der jetzige Angeklagte als Zeuge vorgeladen war, bei ihm ein Geständnis ablegte und dann „türmte“, sich am Abend aber selbst wieder stellte. Erst dann wurde ein Vernehmungsprotokoll angefertigt.

Als nächstes sind die Zeugen aus der Malgruppe dran. Auch Nissen, Agnes, 26 Jahre, verlobte Kunstlehrerin, wohnhaft in Itzehoe. Freundlich sind die Auskünfte dieser Zeugen über Sören Stöber, eher dunkel, was über Hans Passigk und sein Verhalten bekundet wird.

Nun ist es schon nach 11 Uhr, und es gibt eine Pause. Dann kommt der Gerichtsmediziner.

Auf dem Flur ist eine Menschentraube um ihn, die dem Angeklagten gut tut. Agnes nennt ihren Verlobten wegen der erstmals gesehenen schwarzen Robe eine „Krähe“ und lacht. Blum bewahrt mühsam seine Würde. „Fischers Kinder, Müllers Vieh gedeihen selten oder nie“, erwidert er.

Nansen steht bei Rohwedder, und auch Blum will dort weiter rauchen. „… von einem Tötungsdelikt sind wir ab“, bekommt er aus dem Mund des Staatsanwalts noch mit. Über die Verhandlung wird nicht gesprochen. Nansen erzählt, dass der Vagabund mit den Schuhen wegen Diebstahls derselben, Widerstands gegen die Staatsgewalt im Gefängnis und Landstreicherei zu fünf Monaten Haft ohne Bewährung verurteilt wurde. Die ganze Zeit über habe er im Gerichtssaal kein einziges Wort zur Anklage gesagt, aber mehrmals unvermittelt „Herr Hauptmann“ geschrien.

Als die Sache wieder aufgerufen wird, füllen sich die Zuschauerbänke mit den Mitgliedern der Malgruppe.

Obermedizinalrat Schmidt-Kamphaus ist ein älterer Herr mit Autorität und einiger Erfahrung vor Gerichten. Außerdem hat er Unterlagen vor sich liegen und nicht viel Zeit. Der von ihm begutachtete Tote hatte ältere Hiebspuren auf Rücken und Gesäß, die mit dem *exitus* nicht in Zusammenhang stehen. Stirnrunzeln beim Gericht.

„Weiterhin lag eine Fraktur des Nasenbeins durch stumpfe Gewalt vor, mit Sicherheit ein Schlag. Natürlich keine tödliche Verletzung. Todesursache war hingegen ein Schädelbasisbruch. Genauer gesagt, ein Scharnierbruch. Ein querverlaufender Bruch, der an der Kopfgegend der *sella turcica* verlief. Dann ist es nur noch eine Frage von kurzer Zeit bis zum ewigen Licht.“

Amtsgerichtsrat Michaelis hat davon so viel und so wenig verstanden wie die meisten. „Der Tod trat also durch das Fallen ein?“

„Eher durch den Aufprall. Fällt ein Mensch aus dem Stand auf eine harte Unterlage, davon ist im Polizeiprotokoll die Rede, so ist gerade die mögliche Bruchgrenze erreicht. Einige Schädel brechen, andere noch nicht.“

Gespannte Ruhe. Ausatmen ist zu vernehmen.

„Sie begutachteten auch unseren Angeklagten, Herr Medizinalrat.“

„Das war Wochen später. Hier war zunächst auf Anordnung der Polizei die Blutgruppe festzustellen. Der Angeklagte hat …“, nun sucht der Sachverständige in den Unterlagen, „… der Angeklagte hat Blutgruppe A, wie die meisten Deutschen. An den von der Polizei gelieferten Flaschenteilen wurde Blut eben dieser Gruppe festgestellt. Der Verstorbene hatte hingegen Blutgruppe B, eher selten.“

„Gut, gut“, sagt der Richter. „Das war alles, was sie uns mitteilen können?“

„Außerdem sollte ich den Körper des Angeklagten auf Verletzungsspuren untersuchen. An einem Ohr fand sich eine schon fast verheilte Wunde. Mehrere Wochen alt. Es gab noch eine kleine eitrige Stelle, die wurde geöffnet. Es fand sich dort ein sehr kleiner Glassplitter.“

Das läuft gut, denkt Blum. Mit der ganzen Autorität eines Obermedizinalrats. Er wird keine Fragen stellen. Das Gericht hat auch keine. Staatsanwalt Rohwedder will wissen, wie viel Wucht zu einem

Schädelbruch führt. „Das ist Schicksal“, sagt der Arzt.

Dann kommt das Gericht zur Person des Angeklagten. Stöber antwortet zu Familie, Schule, dass er die Gesellenprüfung bestanden hat, aber erwerbslos wurde. Verheiratet ist er nicht und bislang unbestraft.

Nun bekommen Anklage und Verteidigung das Wort. Bei den Schlussplädoyers ist es sehr ruhig im Gerichtssaal.

Rohwedder sagt, der Tod eines Menschen müsse angemessen gesühnt werden. Der Angeklagte habe Schuld auf sich geladen. Was immer geschehen sei, er hätte an dem Abend nur nach Hause gehen müssen. Stattdessen lauerte er dem Opfer im Hafen auf. Das zeige seine böse Absicht. Er war der Angreifer. Erst mit Worten, dann mit roher Gewalt ging er vor. Der Schlag mit der Flasche müsse als letzte Abwehr des Toten angesehen werden. Ein Mord oder Totschlag sei nicht angeklagt. Aber durch den schweren Schlag auf die Nase wurden der Sturz und damit der Tod des jungen Lehrers herbeigeführt. Dies ist Körperverletzung mit Todesfolge. Zwar sei der Angeklagte bisher unbestraft, wohl stark betrunken gewesen und vorher beleidigend herausgefordert worden, doch er müsse zu drei Jahren Gefängnis verurteilt werden – der Mindeststrafe.

Hinten im Gerichtssaal wird hörbar aufgestöhnt. Der Riese sackt zusammen. Die Gesichter der drei Männer auf der Richterbank sind undurchsichtig.

Ihre Blicken verlassen den Staatsanwalt und wandern zum Verteidiger.

Hätte nicht auch der Lehrer, dessen unglücklicher Tod zu beklagen ist, aufhören müssen, beginnt Blum. Aufhören mit unangemessenem Spott, Verhöhnungen, dem Betonen von Standesunterschieden. Viele Zeugen haben von dieser dunklen Seite seines Charakters berichtet. Dann war an diesem verhängnisvollen Tag das Fass übergelaufen. Der übermäßige Alkoholgenuss bei allen Beteiligten tat ein Übriges. Nur zur Rede stellen habe Sören Stöber den anderen gewollt. Ihm seine Meinung sagen. Nur mit Worten. Von seinem gutmütigen Wesen war in den Aussagen der Zeugen die Rede. Da nahm das Verhängnis seinen Lauf. Zeugen gibt es für diese wenigen Minuten nicht. Mit Worten war der Streit begonnen worden. Da dürften sich alle einig sein. Dann erfolgte der Schlag mit der Flasche, überraschend, schmerzhaft, mit Blut als Folge. Erst daraufhin schlug der Angeklagte. Der Lehrer stürzte und blieb liegen. Nur so könne der Ablauf gewesen sein. Erst der Flaschenschlag, dann der Fausthieb. Die Vermutung der Staatsanwaltschaft kann nicht stimmen. Hätte der Angeklagte zuerst geschlagen, dann müsste der Lehrer nach dem Niederschlag von unten geschlagen haben oder noch mal aufgestanden sein. Der Verstorbene habe den ersten Angriff ausgeführt, gegen den durfte sich der Angeklagte verteidigen. Das nennt das Gesetz Notwehr. Und auch für den tragischen Tod trifft ihn keine Verantwortung. Sein Faustschlag war kein Unrecht. Die Folgen des Sturzes sind ein tragisches Unglück. Wäre der Lehrer auf die Seite gefallen, könnte er noch leben. Selbst der Aufprall auf das Pflaster des Hafens hätte, wie der Sachverständigte ausführte, zum Tod führen können oder eben auch nicht. Ein Unglücksfall.

„Unter diesem Unglücksfall leidet der Angeklagte, lebenslänglich. Aber eine Schuld im Sinne des Gesetzes trifft ihn daran nicht. Ich beantrage einen Freispruch."

Blum sitzt wieder. Einen Moment ist Stille. Der Angeklagte verzichtet auf ein letztes Wort. Michaelis sagt dann. „Um zwei Uhr dreißig wird das Gericht ein Urteil verkünden."

Der Riese steht bei seinen Eltern und geht mit ihnen weg. Das Wort *Gefängnis* hat sich bei ihm tief eingegraben. Die von der Malgruppe wollen alle bis zum Urteil bleiben. Blum lädt sie in sein Büro ein. Der Kunststudent holt Kuchen, Clara Piel macht Kaffee, Fräulein Lagerpusch ist pessimistisch, Agnes inspiziert Blums Bücherschrank. Die Stimmung ist gedämpft. Mit den anderen geht Agnes zu einem kleinen Spaziergang nach draußen. Blum arbeitet.

Alle sind pünktlich wieder da. Seine Mutter führt ihren Sohn in den Saal. Nansen humpelt auf seinen Platz. Ein neuer Wachtmeister ruft die Sache auf. Rohwedder kommt mit leichter Verspätung. Alle sind angespannt. Die Arbeitskollegen rufen Stöber etwas zu. Der blickt nach hinten und nickt mit gequältem Lächeln.

Dann stehen alle, und „Im Namen des Volkes" verkündet Richter Michaelis einen Freispruch.

Nicht leicht habe sich das Gericht diese Entscheidung gemacht. Der Tod eines Menschen bliebe so ohne Schuldigen. Die Abwägung der Tatsachen und das Gesetz machten das Urteil aber unvermeidlich.

Vor dem Gerichtssaal fließen Tränen. Bei Stöber, seiner Mutter und Anke Lagerpusch. Diese drei gratulieren Blum mit Dank. Vater Stöber drückt ihm fest und lange die Hand. Die von der Malgruppe freuen sich. Im Atelier wollen sie ein bisschen feiern. Von Agnes gibt es eine Umarmung für Blum. Nansen kommt dazu und weiß schon, dass die Staatsanwaltschaft keine Berufung einlegen wird.

26

Ende Juli haben die Brixens ihre Tochter Anna bekommen.

Am 31. Juli erhält die NDSAP die meisten Stimmen in Deutschland bei den Reichstagswahlen und in der Provinz Schleswig-Holstein über 51 Prozent.

Anfang August ist die Geburtstagsfeier von Agnes und dann der erste Besuch von Blum bei der Fischerfamilie Nissen in Morsum. Ein ganzes Wochenende. Erst ist es ein bisschen steif, aber dann gibt es herrliche Nordseeschollen und viel zu erzählen und zu fragen. Sonntagmorgen, ganz früh, fahren sie mit ihren Brüdern im Kutter Richtung Dänemark.

Einen Hochzeitstermin haben die Verlobten noch nicht. Irgendwann im nächsten Jahr soll es aber soweit sein. Vielleicht schon im Frühling 1933.

Nachwort

Dieses Buch ist eine erfundene Geschichte. Die Namen der Personen und die Handlung sind fiktiv.

Die kleine Kriminalgeschichte spielt aber vor dem Hintergrund der „großen“ und realen Geschichte von Deutschland im Jahr 1932 in der Region rund um Itzehoe. Aus dem Kreis der für meine Recherchen verwendeten Bücher möchte ich zwei hervorheben: die historische Doktorarbeit von Reimer Möller „Eine Küstenregion im politischen und sozialen Umbruch (1860 bis 1933)“ aus dem Jahr 1997 und die vom Kollegium der Kaiser-Karl-Schule herausgegebene Schulchronik „125 Jahre KKS“ von 1991.

Interessante Informationen, kleine Geschichten und vor allem alte Fotos für diese Zeitreise in die Vergangenheit stammen aus anderen Büchern, heutigen Zeitungen und dem Internet. Ein guter Ratgeber für Todesfälle war das Handbuch Rechtsmedizin von Forster und Ropohl. Werner Hoppe hat mich von seinen Kenntnissen über Fische und Angeln profitieren lassen. Einen Absinth, heute in veränderter Form frei erhältlich, habe ich in einer gleichnamigen Bar im Hamburger Schanzenviertel probiert.

Gerd Schumann, Margret Wolfrum und Birgit Gärtner waren wieder die ersten Leser und haben mir mit Kritik und Vorschlägen sehr geholfen. Thomas Langecker hat erneut mit dafür gesorgt, dass die Sache in die richtigen Gleise kam.

Autorenangabe

Heinz Jürgen Schneider wurde 1954 in Schenefeld geboren. Er lebt und arbeitet als Rechtsanwalt in Hamburg. 2009 erschien mit „Tod in der Scheune“ der erste historische Kriminalroman mit Rechtsanwalt Johannes Blum.

Vom selben Autor ist im Boyens Buchverlag erschienen: